杜甫传

还珠楼主 著

武汉出版社
WUHAN PUBLISHING HOUSE

（鄂）新登字08号
图书在版编目（CIP）数据
杜甫传 / 还珠楼主著.—武汉：武汉出版社，2012.9（2019.6重印）
ISBN 978-7-5430-7141-4
Ⅰ.①杜…　Ⅱ.①还…　Ⅲ.①传记文学－中国－当代
Ⅳ.①I25
中国版本图书馆CIP数据核字（2012）第216419号

杜甫传

著　　者：还珠楼主
本书策划：李异鸣
责任编辑：刘国刚
特约编辑：张　坤　付文生
封面设计：吕彦秋
出　　版：武汉出版社
社　　址：武汉市江岸区兴业路136号　　邮　编：430014
电　　话：(027)85606403　85600625
http://www.whcbs.com　　E-mail:zbs@whcbs.com
印　　刷：北京京丰印刷厂　　经　销：新华书店
开　　本：787mm×1092mm　　1/32
印　　张：5　　字　数：91千字
版　　次：2012年12月第1版　　2019年6月第2次印刷
定　　价：35.00元

目录

第一回

落叶满长安，残照西风，汉家陵阙
分金贻至契，推襟寒儒，杜老心肠

“秦中自古帝王州”，唐朝的京城长安更是历史上关中最有名的所在。这一座在中世纪比罗马、米兰、威尼斯等城市还要宽广，规模也更宏大的名城，其面积要超过现在的西安六倍以上。全城周围七十二里，城北是皇宫，最重要的有“大明”（东内）、“太极”（西内）、“兴庆”（南内）三宫，称为“三大内”。其他殿宇宫苑还很多，靠近皇城一带还建有好些王侯将相和近臣贵戚的宅第。城东西共有两个大市（即市场）和一百零八个方形或长方形的坊（街道），除通往皇宫的大街御路外，坊与坊之间交织着许多宽广平直的街道。这里面住的平民极少，多一半都是公卿大夫之流；再有便是那些繁盛的商店和富家住宅了。这样一个全国政治、经济和文化中心的所在地，又当唐朝开元、天宝（唐玄宗李隆基纪元年号）极盛时代，休说皇室宫苑、王侯府第千门万户金碧交辉，广殿崇楼雕甍相望，便是一般富商豪族、士大夫家也都画栋朱栏，粉墙雪映，门庭高大，裘马轻狂。其市廛之殷富、人烟之稠密和饮食服用之讲究，简直说它不完。都城南面是西起秦陇、东彻蓝田，绵亘八九百里的终南山。北面高原上还立着几座陵墓（五陵），长眠其中的朽骨，都是过去这座大城里的最高统治者——封建帝王。虽然他们生前的赫赫威权早已风吹云散，只剩下这几堆黄土在荒烟夕照中供后人讽咏谈笑，在这一时期仍保持着它的巍巍华表，郁郁松楸，面对南山，气势雄伟。至于渭滨烟树，曲江花月，韦曲樊川之丽，温泉雁塔之奇，更无一处不是胜地名区，惹人留恋，水木清华，传颂古今。

开元二十八年以后，李隆基因为宠爱杨妃，竟不惜以天下的民力物力和朝廷的名位来博取她的欢心。杨氏兄弟（铦、国忠）姊妹（韩、秦、虢三国夫人）固是裂土封侯，大享富贵，连和杨家稍微沾亲带故的也都官居显要，威势逼人。一女承欢，六亲厚禄，裙带当权，万姓遭殃，“遂令天下父母心”有“不重生男重生女”之恨。

男女爱情并不决定于年岁。我们自不能说明皇纳妃年已六十，玉环专宠当富青春，便否定了双方爱情的真挚。不过，承袭先人聚敛所得的膏粱子弟当要荡产倾家，家天下的皇帝而要为所欲为，走那亡国败家的道路，天下人自然都吃苦头了。明皇和杨妃的爱情最后给人民带来了严重的灾害，也给当事人本身造成了历史上典型的悲剧。这恶果是怎么招来的呢？二十世纪的英国皇储“不重江山重美人”，可以为了情妇敝屣尊荣，比翼双飞，飘然远行，并不受那一切人为的阻碍，人们也没有受到他的影响。而明皇却因过爱所欢引起变乱，以致翠华西去，六军不发，眼睁睁望着他的心头爱宠惨死马嵬，埋香黄土，掩面悲咽，无可奈何。到了“悠悠生死别经年，魂魄不曾来入梦”，孤灯挑尽、彻骨相思之时，也只能把万分沉痛的心情寄托于虚无缥缈之中，苦寻那临邛道士，意图为他天上人间觅致芳魂，重温“密誓”，受制于媳，长恨以终，岂不正是当时社会所造成的吗？

李隆基以前就常临幸骊山，入浴温泉。这一专宠杨妃，华清宫更成了他经常往来之地。遇到冬日前往避寒，甚而要到开春才回。皇帝游乐实在太不简单！休说六宫粉黛，翠葆霓旌，保驾羽林，随行文武，而杨氏兄弟姊妹五家人马的冠裳佩饰又都自成一色，五队连行，鬓影鞭丝争奇竞胜，所过之处珠玑锦绣灿若繁霞，缤纷炫目，照耀通衢，那一种富丽豪华的情景真非寻常所能想见。许多奔走趋奉的大小官吏还不在内。这一来，连整个京城内外的市面都引起了萧条，浪费人力物力之巨真个惊人。

天宝五载（天宝三年五月改年为载）九月下旬，李隆基和爱妃杨玉环移住华清，照例又带走了许多朝臣亲贵，随从军侍。已凉天气，时近黄昏，悲风怒号，尘雾弥漫，官道上平日“车如流水马如龙”的盛况已不再见，只是两行衰柳，败叶摇风，黄云蔽日，惊沙掠地。那被狂风卷起来的残枝落叶满空飞舞而下，落到地上，滴溜溜不住滚转，水一般朝前涌去，没有一个停歇。暗淡的残阳夕照中，遥望别具形胜的五陵北原，固早为万丈风烟所掩，连那巍峨壮丽的长安城也失去它原有的光辉，只依稀现出了一点轮廓，城内外那么多的金碧楼台、园林亭馆，更看不见一点影子。各地村落中以前尚能生活的农夫，因近年征役频繁，田多荒芜，也十九全家愁颜相对，极少有人进出。大片肥田沃野只是土干草枯，空荡荡地形成一种荒凉景象。宽阔的官道上仅有几个人，前后零散在风沙中挣扎着往南门走进。内中一个中等身材、颔有微须、貌相清癯的中年人，便是本书要写的诗人——杜甫。

杜甫，字子美，祖籍原是京兆（长安）杜陵。因他十三世祖晋代名将杜预的曾孙杜逊于东晋初年迁居襄阳，成了襄阳杜氏的始祖，故史书上说他是襄阳人。实则杜甫生在巩县城东二里的瑶湾，从他的曾祖依艺起已迁居于河南巩县了。自他远祖杜预以来，文武两途仕宦不绝，他的外祖崔家更是曾和皇室通婚的大士族。他虽然生在这样一个阀阅名家、簪缨世裔、“奉儒守官”一脉相承的士族家庭里，他的祖父杜审言也先后任过膳部员外郎和修文馆直学士，但是文人习气很深，中间又经贬谪，并未留下多少家产。父亲正当兖州司马，又是一个小官，俸给有限。他婴年失母，幼时多病，有相当长一段儿童时期寄居在洛阳建春门内仁风里的二姑家中。从小天分就高，更喜勤学，在他姑母的慈爱教养下，他家学渊博，七岁就会作诗，大来连书画音乐、驰马试剑也都无不通晓。这时，他的家境还不算坏，人又自负才华，“读书破万卷”，胸怀大志，“裘马轻狂”。对武功则崇拜他的远祖杜预，意图不昧“家碑”（杜诗“吾家碑不昧”），比于稷契（上古名臣）；对文学又景慕他的祖父杜审言使“屈（原）、宋（玉）衙官”“羲之（晋代名书家王羲之）北面”的放言高论，目无余子。于是年才十九，便有“四方之志”，北渡黄河，始涉郇瑕（山西临猗），次岁南游，遍于吴越。这初期三四年的漫游，使他见识到了许多事物，觉着自己学问更高，眼界日广，取功名如拾芥。开元二十一年，长安一带发生水灾，李隆基带领文武百官迁往东都（洛阳）。杜甫借着应考，看望老年的姑母和一些亲友，正是一举两得，便先回到巩县故乡，请求县府保送，再回洛阳应试（唐代科举，由考功员外郎主考，人们称他为考功试。开元二十五年，因考功郎李昂受了举人责问，始改为礼部侍郎主考，由此人们又改称为应礼部试）。初意以为功名有望，手到拿来，哪知乡贡考试并非容易。这年录取的进士共只二十七名，而投考的人将近三千。彼时的考试既重权位，复尚虚名，人情请托，关节通行，常使才人饮恨，寒士吞声，开元之末，其弊尤甚。像他这样一个初涉名场、无人援引、尚未知名的儒生，想要金榜题名，春风得意，自然是个梦想。当年下第之后，觉着还是自由散漫的生活可以随意所如，第二年慨然又起壮游之思。先到山东兖州省亲，再游齐赵（今山东与河北省南部），开元二十九年才回洛阳，并和司农少卿杨怡之女结了婚，夫妻也颇恩爱。两次十年的漫游，虽然结交了好些气味相投的朋友，但这些都和他一样遭逢不佳的文人才士，只能在一起煮酒谈诗，骑马射猎，并没有一个能够加以援引，使其从此置身青云，成就他理想中事业的人物。他最亲爱的姑母便在此时死去，心情本就悲伤，又见洛阳虽然文物繁富，人情却是非常势利，越发加重了苦闷。

天宝三载四月，杜甫忽然遇到当时号称谪仙的诗人李白。自来文人多半相轻，这两位伟大的天才诗人却是一见如故，成了诗文骨肉之交。杜甫非但被这位青莲学士的风采所吸引，并且还受了他功成身退、游侠好道，意图炼丹求仙以超然物外、解救自己，始终不满现实的影响。

李、杜二人非常投机，除在一起樽酒论文，同榻夜话而外，还同到梁（开封）、宋（河南商丘）去寻采瑶草。后又深入到道家圣地王屋山上的小有清虚洞天，意欲寻仙修道，采取灵药。虽然他们想参拜的有道之士华盖君并未成仙而死，不得不走回头路，他们的才华意气依旧飞扬，上下古今不可一世。李、杜二人在归途中又遇到另一位诗人、杜甫的旧交高适。这三个好朋友在一起，不是孟诸（山东单县的大泽）秋猎，琴台（在单县）浩歌，便是南瞻芒砀，北望渤海。旧好新知同此欢聚，豪情胜概旁若无人。

秋后，高适南游楚地，李白因事暂离，杜甫也做了北海太守李邕的座上客。不久，李白由紫极宫去领道箓回到兖州，杜甫又寻了去。知己相逢，友情自更深厚。无奈好景不常，离长会短。李白要重游江左，杜甫也因先后在外流浪了十几年，平生抱负丝毫不得施展，父亲杜闲又转任了奉天（陕西乾县）县令，屡次来信要他西上长安，再作求名之想。这两个好朋友从此分手，便成永别，各有千秋，更不再见。

杜甫匆匆赶回洛阳，和爱妻略微商计家务，先到父亲任上省亲，再往长安求名。孤身客馆，东食西宿，并无一定住所。他向来有出无进，此时家庭人口渐多，生计日绌。以前的放浪形骸、裘马轻狂虽已不可复得，仗着父亲仍当着县令，还没有到那裘敝全空，凄惶穷路，“朝叩富儿门，暮随肥马尘”，怀抱着无限悲辛去接受人家“残杯冷炙”的地步。人又慷慨豪爽，一到长安，便交了好些朋友。所结交的十九虽是落魄文人、失意寒酸，对于那些有类行尸的冠裳架子仍是心存鄙视，极少登门。只管随便写上一首诗，说些违心之论，去投刺朱门，恭维权贵，成为当时的风气，贤者不免，无足为怪。这位生具傲骨侠肠，而又出身士族、目空一切的天才诗人还是本心所不屑为的。

这日午前，杜甫见秋风猎猎，尘雾飞扬，一时无聊，备些酒肉，约同华原县尉孙宰和咸阳几个士人在客舍里饮酒谈笑，不打算出门了。醉饱之后，忽然想起，新交好友郑虔多才多艺，人又极好，偏是落拓风尘，久不得意，寄居在城南贵人坊后一条偏僻的小巷内。家况本就清寒，时常无米为炊，眼看秋末冬初，定难度日，这样大的风沙天，不知是何光景？当时勾动侠肠，意欲送他一些银钱，以尽朋友之道。

孙宰和另一士人王倚最佩服杜甫，见他仍要出门，再三劝阻，说："这样大的风沙，马都难行，你如何隔老远赶进城去？"

杜甫一想到这位苦对秋风、衣食两缺的才人，心直发恻，哪里还听劝阻，乘着酒兴，连马都不要，徒步起身，急匆匆往城里跑。好容易冒着风沙走进安化门城洞（又名鼎路门，城南三门之一），忽然一阵狂风夹着大蓬沙土迎面吹来。当时把气闭住，跌跌跄跄连往后退了好几步才得站稳。刚把身子折转，喘吁吁乱喷口水，一面用袖口去擦那眼角边的风沙，忽听连声暴喝，眼前人马鞭丝乱晃，慌不迭往旁一躲，城里顺风驰来的六骑快马，已被那大股旋沙簇拥着一瞥而过。马上人连声怒吼，气势汹汹，鞭刚扬起，又被急风荡开，空自发威，一下也没打落，马已向前驰去。悲风怒号中，休说蹄声，连马身上的驾铃都被风吹哑，听不出来。杜甫骤出意外，几乎受了一场大辱，心中自是气愤。手指来路，刚开口要骂，忽然看出后面两骑锦衣花帽，穿着皇宫内侍的装束，知是赶往骊山给帝妃送那远方贡品的太监卫士。见人马业已去远，话到口边又收回来，只朝地上啐了一口，仍往城里走进。

城门洞的风沙一阵接一阵，大得出奇，使人眼迷气堵，举步皆难，杜甫顺着墙边背风倒退而行。等到硬挺过城门洞，人已被风吹得前后心冰凉，牙齿都战。幸而城内风力稍缓，路也快到，忙往路东贵人坊后赶去。路隔不远，风又改由身后吹来，当时身上一轻，步履加快，不多一会儿便自赶到。一路急赶，还喘着气，连鼻涕都顾不得擦，伸手先去拍门。

郑虔家住陋巷矮屋之中，四壁萧然，家无长物，光景甚是贫寒。这日见秋风凛冽，想起快要入冬，子女尚着单衣，心先发寒。天气又冷，由午后便裹着一床夹被，在斗室之中闷睡。望着缺腿画案上那幅新画成的《终南春雾图》，得意之作已为尘沙所掩，成了黄色，只微微叹了口气，也懒得起来收拾。郑妻因平日门无车马，这样风天更不会有人来，早把门关了个紧。跟着便去堂屋缝补旧衣，准备给丈夫儿女穿在外衣里面御寒，等熬过深秋，到了冬天再打主意。缝补完后，还要忙着准备夜来的白水淡饭，所以连丈夫都顾不得去看，心情很乱。两个儿女年幼怕冷，躺在旁边榻上旧被里面，等母亲给他们补好衣服再起来穿，已沉沉睡去。风是呼呼乱响，来客又出意外，哪还听得出有叩门之声。

杜甫见门久打不开，疑是出了什么变故，看望之心更切，一时情急，便不再拍门，竟去绕墙狂呼起来。

侧面墙低，相隔斗室甚近，这一带又是朝西，郑虔刚有些发困，忽听风声中有人在喊："郑兄！"先还不信此时有人来访，后听连呼不已，睁眼静心一听，竟是新交好友杜甫声音，心中一喜，急匆匆由床上纵起，连鞋都顾不得蹬好就往外跑。起得太猛，身上裹的那床夹被也忘了掀去，吃门缝一夹，掉了下来。耳听杜甫还在门外急喊，百忙中竟将被顺手抓起，仍然披在身上。口中连声答话，往外便跑。

郑妻刚把旧衣补好，忽听连声呼喊，隔窗窥见丈夫满头乱发，由旁屋奔出，身披着一床旧夹被，被风一吹，鼓绷绷蝴蝶也似飞起老高，形态很怪，心里一惊，连忙开门追出。见丈夫业已不再喊叫，正往街门猛扑，越发惊疑，刚急呼得一个"你"字，砰的一声，眼前一暗，灰匆匆一片东西业已当头罩下，心又一急。等掀起一看，正是丈夫身上披的那床夹被顺风吹来。同时街门开处，走进一人，风沙影里认出是丈夫新交的好友杜甫，心中一喜，忙又缩退回屋。

杜甫刚听出郑虔似在里面回应，赶回门前，郑虔已将街门大开，忙抢上前，将手握住。觉出对方的手竟比自己还凉，衣服也甚单薄，心里一酸，当时没好开口。

郑虔笑说："外面风大，进屋再谈。"就势拉了杜甫往里走进。

郑妻因天快黑，来客又冒着风沙走来，一回屋便拿起一件新补的小夹袄朝炕上扔去，将年才十岁的女儿唤醒，要她起来帮忙。正忙着去点灯，忽听外面砰砰乱响，暗笑："这两人真怪！一个甘冒风沙，远道来访；一个空谷足音，喜迎佳客，连门都忘了关。如其被风吹倒，看你怎么办？"忙又赶出把门关好，再赶回屋。先把仅剩的一点灯油添在灯碗里面，多加上一根灯草，端向东屋，刚进门，便见宾主二人并坐榻上，争相笑语，手还在那里拉着。打了火种，点灯一看，来客一身整齐衣冠业已布满尘土，脸也成了灰黄色，忙道："你还不请杜兄把衣冠脱下来掸一掸土？我打洗脸水去。"

杜甫喊了声"大嫂"，正要起立行礼，郑妻已匆匆走出。

郑虔这才发现杜甫须发皆黄，不禁哈哈大笑，忙取掸帚帮助杜甫把身上的灰尘掸净，见长女阿鸾拿了一件新补的夹袄走进，这才想起身上有些发冷，随手接过，添在长衣里面，果然暖和了些。

跟着郑妻打来一盆温水，杜甫才觉出耳鼻等处连口里都有沙土，好生难受。正想等郑妻走后洗漱，忽见郑妻在向郑虔耳语，面有笑容，知道主人用意，忙将身带的十两银子取出，笑对郑虔道："小弟旅费尚不缺乏，前日韦左丞（济）来访，又送了我些银子，正好转赠吾兄，略供暂时柴米之费，或是添置两件粗布衣服。小弟还要扰你一餐，就便畅谈些时才走呢。"

郑虔随手将银子接过，转交郑妻，笑道："我们邻家也非富有，母鸡留着下蛋，不肯赊欠，原是难怪。如今有了银钱，或借或买，当可通融，能够弄点酒来那是更妙。真要什么都办不到，杜兄我辈中人，决不嫌我家的粗茶淡饭寒酸本色，因而不作长夜之谈，减却我二人的清兴。你和阿鸾快分头想法子去！莫轻度过这秋夜良宵就是佳事，别的都等明天再说吧。"

郑妻知道杜甫所居颇远，当晚赶不回去，一听丈夫留客下榻，对方神情也颇高兴，方觉此人真个好极。猛瞥见榻上还是空的，刚把眉头一皱，再一转念，忽现笑容，连声应诺，并嘱郑虔先将室中尘土扫净，匆匆带了女儿走出。

杜甫一面忙着洗漱，一面回顾主人，笑道："遇到这样天气，知己谈心正是乐事。兄便不留，小弟也不会走了。"

郑虔哈哈笑道："这话说得对，休看我们薄酒寒齑，粗茶淡饭，但是吾道不孤，襟怀自朗，同声相应，共话秋宵，且比那绿酒红灯、哀丝豪竹别具清标呢！"说罢，又和杜甫相对抚掌畅谈起来。

第二回

季世更何知，三绝补窗高士画
危机原不计，长亭走雨故交情

杜甫正和郑虔谈得高兴，忽然脑后凉风，回头一看，才知纸窗越破越多，大股凉风往里直钻，一片片的败纸被风吹得乱响，纷纷如叶。那盏油灯更是光焰摇摇，似灭还明，照得矮墙上两个巨人影子也在乱晃，忙道："郑兄你去寻点糨糊来，先把这窗用纸补好，再把画案上的黄尘扫净，免得嫂夫人少时忙不过来。"

郑虔道："午前就想糊窗，因为纸缺，没有糊成，没想到晚来窗破得这么厉害。好在那边木架上还有几张画，可以顶用，我先找糨糊去。"

杜甫忙把郑虔拉住道："你那几张画我都拜读过，不是多历名山大川、胸藏丘壑、笔染烟云的人决画不出来。此是你的心血所萃，如何用来糊窗呢？"郑虔微笑道："反正无人识货，用来糊窗，并与知音同赏，才是我辈豪情，你怎么俗起来了？”说罢，挣脱了手，便往上屋赶去。

杜甫知他任性，劝未必听，忙去屋角旧木架上把日前看到的几张画寻出，抖去上面尘沙，匆匆卷起，藏向一旁。忽然发现还有一卷未用过的素绢，心方一松，瞥见先前只顾谈笑，未及打扫的案上黄尘吃风一吹，微微露出一角的画来。用掸帚轻轻一掸，竟是一幅《终南春霁图》，整个被埋在尘沙堆里。连忙拿起，捏着两边绢角随手微抖，恰值一阵急风穿窗而入，画案上的尘沙全被扬起，扑了个满头满脸，寒灯光焰立和鬼火也似，慌不迭背风当灯而立，就着重明的灯光一看，那画一面是平林远渚，绿柳含烟，春云自舒，岚光如染，一面是奇峰刺天，危崖映日，红紫万状，涧谷幽深。端的气韵生动，光彩照人，意境空灵，不是穷探终南崖壑峰峦之胜与多识宇宙风云月露之奇者，怎会画得出来！画上还题了几首诗，一面在流连风景，赞美山河，一面在因物咏叹，自吐幽怀。字又是刚劲圆融，简远萧散，含势欲飞，出入钟王（钟繇、王羲之，均晋代人，为我国书家中最有名的历史人物）之间而自成一格。知道此君性情孤傲，这一幅精心杰作又将留供他自己玩好，不打算拿出问世了（唐人画仅落单款，除自留得意之作而外，极少题诗其上），越看越爱，也越替他抱屈。心想：“这样多才多艺的人，竟会落拓长安，一寒至此，哪还有理可讲？我也是多年流转，依旧青衫，将来……”心念才起，室内风平沙静，灯芯亭亭中，窗外似有响动，回顾满窗破洞似被什么东西堵上，左边角上塞进一团布，两节手指刚缩回去，耳听幼童在大风中急呼：“爸！快把它扯下来，妈回来要……要生气的。”遂听郑虔道：“乖娃子，快回屋去，外面风大。”赶出一看，暗影沉沉中，郑虔拉着他那八岁幼子已快走进南堂屋。窗上黑乎乎一片，也不知糊的什么东西。回到屋内，又取掸帚将画案上尘土掸净，待要扫榻时，忽听门响和开关之声。

郑虔跟着走进，见面便大惊道：“杜兄并没有出去，哪里又来这一身土？”

杜甫见郑虔也是一身尘土，眉宇皆黄，不禁笑道：“我正打算劝你手下留情，改用素绢补窗，莫使妙笔丹青也随我辈遭此风尘之厄，忽然一股狂风闹了我一脸的土。郑兄竟在匆促之间将破窗补上，真太好了。”

郑虔笑道：“画由我作，成毁原非所计，只是未毁以前还想暂时留供解人品题，略谈此中甘苦，忽然想起风从西来，画由里贴，怎贴得住？人当穷极，须知应变，才想起了这么一个好主意……”话未说完，忽听有人接口道：“你这主意真好。今早我找了好些旧绢想糊窗户，你说这些都是画坏了的东西，又多撕裂，糊在窗上东一片，西一片，花花绿绿的，连自己看了都惭愧，如何见人？不让我糊。事情一忙也就岔开。就说不可惜，你在山中连住四月，又费了几个月的光阴才得画成的东西定要补窗，等我回来再糊也好，谁知你竟把我刚洗好才两天的夹被塞了窗户，可知你那么……娃都在笑你呢！”

郑虔见妻已走进，笑道：“我觉得这个主意很高明，你却空口怪人。可知当时满屋悲风，一灯如豆，使人无欢吗？”

郑妻笑道：“我话是答得急了些，不是怪你。说起来也真可怜！像你这样人哪里会做这样事？不怕杜兄见笑，全家长幼正苦秋风，本来铺盖无多，他却将这床刚浆洗好准备装棉的夹被去塞窗洞，怎么不叫人有些着急呢？”

郑虔笑道：“这不相干，我去把它扯下来。”

郑妻忙拦道：“已然挡上，就不忙此一时了。这些家务事你越帮我越忙。你自陪杜兄清谈，等我把酒饭准备好了再说。”说罢转身要走，忽又回顾郑虔，苦笑道：“酒菜都买来了，还赁了两床被，纸也借来好些。这回请你把这几幅画保住，莫再毁弃可好？”

杜甫忙由榻后将画取出，笑道：“大嫂请快拿走！这幅《终南春霁图》更是郑兄精心杰作。不是我辈中人，看都不要给他看呢！”

郑妻含笑谢诺。阿鸾早将先前用过的盆水取走，又端来大盆热水，带进一个空盆。刚将水匀成两份，闻言将画抱起，便往外走。

杜甫恐郑虔任性，忙道：“洗脸水来了，快洗，快洗！”

郑妻忙着去备酒饭，便自走去。

郑虔笑道："小弟平生爱玩烟霞，喜涉山川，体会物情，每多感触。唯恐过眼云烟，难留永忆，这才学为绘画，记以诗歌。空抛心力，虚度时光，全由自家爱好，积习难忘。本无裨于今世，亦非有人误我。此物饥不可食，寒不可衣，补我寒窗，兼供卧游，御风应急，原非故意。既然找得纸来，当然不会再用画补。得此良友贤妻，已是自豪。若再非此不可，便是有心作态，连人也显得小气了。"遂陪杜甫同往外间小屋，各把身上灰尘扫去，洗漱之后，重整衣冠，又谈起来。

阿鸾先送进一壶酒，一碗炒蛋，一盘凉拌晚菘（菜名，色青者即青菜，色白者即白菜，变种而色转黄者即黄芽菜），笑道："爸！娘说请你陪杜伯父先用点酒。"说罢匆匆走出。

幼女天真，憨态可掬。

杜、郑二人举杯同饮，谈兴更浓。由诗、书、画谈到朝廷好大喜功，屡开边衅，以致连年用兵，多耗国用。近更信任奸相，习为奢侈，使百姓多受征役之灾，将来恐有分崩离析之患。瞻念前途，同怀隐忧。又由互吐襟期，各言其志，变为哀民念切，共虑时艰。就在这激昂慷慨、相对叹息之际，郑妻恰将新炊晚稻和炖好的肥鸡送了进来。跟着打扫床榻，放好铺盖，备了茶水，又将窗子糊上，方始辞出。

杜、郑二人酒足饭饱，歇了片时，索性同榻夜话，一直谈到鸡声再唱，方始蒙胧睡去。杜甫恐主人费事费钱，昨晚约定次日同去看望房琯、孔巢父，醒来见天时将近午，忙把郑虔唤起，匆匆洗漱，一同走出。杜甫因郑虔曾与房琯相识，巢父尚未见过，恐他不愿意去，笑道："弱翁（巢父字）隐居徂徕山，志行高洁，又是太白故交，和房次律（琯字）一样，都是我辈中人，定能一见如故。听说他将要回转江东，我想托他代向太白问候，恐怕错过机会，因此先到他家，便约酒肆同饮，午后再访房次律去，尊意如何？"

郑虔笑道："观人者必于其友。何况此君并非当道，又是太白旧交，焉有不去之理？我只是不愿去看那些豪门中人的颜色罢了。此时风虽暂住，满街落叶，遍地黄尘，萧飒景象令人难受。天子移住华清，连落叶尘沙也无人扫，不寻朋友谈笑，何以度日？听说他就寄居在南门外汝阳王（李琎）别墅里面，离此不远。天已不早，快些走吧。"

二人且谈且行，转眼出了南门，寻到汝阳王别墅。名帖刚拿进去不多一会儿，孔巢父便出迎宾，同到园中客馆落座，互相礼见之后畅谈起来。

郑虔见巢父红面长髯，身材高大，声如洪钟，人甚豪爽，先就心喜，交谈之后，越发投机。等杜甫问完太白近况，见天已交午，意欲辞去。

孔巢父忙道："主人已命备下酒宴，托我挽留嘉客，在此一醉，二兄此时都不能走了。”

杜甫本意李琎皇室宗亲，必已随驾骊山，打算少坐片刻，约了巢父同往酒家小饮，不料主人竟会移居别墅。前听太白说他爱才善饮，三斗不醉，并无王公习气。虽然是个好人，只是冒昧登门，连名刺都未通，怎好就做他的座上客？见郑虔已先开口推谢，正请巢父代为婉辞，忽听门外有人笑道：“二位先生不肯临赐（赏光），可是嫌我未先邀约，待客之意不诚吗？”

杜、郑二人回顾来人丰容虬髯，气度高华，年约五十以内，已雍容缓步走了进来。

巢父忙向双方引见，杜、郑二人才知来人便是汝阳王李琎。见他衣履虽颇华美整洁，并非亲王服饰，也无从人随行，进门之后才有三四个侍从赶来，也都侍立在外，没有一人走进。对人更是礼让殷勤，意甚诚恳，谈不几句便请入席再谈。话未说完，门外侍从已有二人飞奔而去。

杜甫先具成见，固有好感，郑虔虽然自来看不起这类王公显要，一旦对面相看，也说不出半个不字。李琎陪了来客，顺着花径，笑语同行。

杜、郑二人见地上沙尘早已打扫，当此草木黄落之际，园中菊花特盛，五色缤纷，深秋独傲，霜华照眼，冷艳含芳，用以点缀园林，越发引人留恋。一路上的楼台亭馆、画阁回廊，虽非寻常百姓所能想见，偏是曲径通幽，赤栏临水，寒林耸秀，枫叶流丹，别具一种爽朗清丽之致，通不带丝毫俗恶气。最后绕到一座池边楼台之内，盛筵已早备齐。主人好似专为杜、郑二人而设，并无他客。原来左丞相韦济曾在李琎面前说过杜甫的好话，巢父更屡次和李琎谈起杜甫是个才子，和李白是诗文知己之交。李白学识气度当世所稀，曾受朝廷礼重，早就名满长安，又是长安八酒友（饮中八仙）中的第一人物，有谪仙人之称。李琎对他的诗才酒量看得最重，知道此人才高性傲，极少许可，杜甫竟受到他的重视，引为知己，并嘱巢父为之揄扬，定是一位非常人物。日前已托巢父致意约晤，一听来访，好生高兴。另一寒士郑虔虽不深知，既和杜甫同来，当也不是庸俗一流。以亲王之尊，下交寒素，更显得自己的雅量，这才同以上宾之礼相待。这一来，杜甫固然受宠若惊，郑虔也是莫名其妙。

杜甫到底出身世家，常与仕宦中人交往，尽管人情势利使他不满，像这样略分下交的天潢贵胄虽是初见，规矩礼节却都知道，应付从容，均颇得体。

郑虔生自寒门，性情疏放，衣履又极敝旧，明明觉得主人礼贤下士，与平日讨厌的那些王公显要大不相同，心里也在说着这样人倒真难得，不知怎的，坐在这样陈设富丽的华屋之内会感到不自在，连那平日最爱的冷艳秋芳放在室中，也仿佛失去了它凌寒独傲的本色，只管翠叶离披，花开正盛，竟没有多看它几眼。有时看到脚底那双补了又补、上面沾满沙泥的旧鞋和旁立宫娥侍从的珠履锦靴，相形之下越发显得难看，刚忙着缩回来，无奈放浪形骸已惯，隔不一会儿，由不得又露了出去。主人只管殷勤劝客，他却实在感觉拘束得难受。巢父见他只饮寡酒，极少举箸，便不断给他布菜。再上菜时，郑虔想少拣一些，免得巢父又布。恰值杜甫正向李琎称赞他诗文书画无一不好到极点……知道良友热肠，又在乘机为之誉扬增重，心中感激，微一疏神，旧衣袖又将面前新斟满的一杯热酒带倒。那么一位胸怀开朗、性情亢爽的才人，到此地步也由不得窘了起来。巢父却和没事人一般，正要开口喊人收拾，旁立宫侍已抢着上前，转眼收拾干净，重放杯盘。郑虔偷觑旁立宫侍，口角上似有笑容初敛，脸正发烧，忽见李琎举杯相劝，只得起谢，将面前的酒一饮而尽。不料起座慌了一些，所着旧衣衫又被座位刮破了一块。总算众人均如无觉，勉强压住气闷，想推酒醉辞出，偏不好意思说，心情又烦又乱。

李琎因杜甫不住称赞郑虔的诗、书、画，孔巢父也在一旁帮腔，自然相信，便要杜甫送他一首诗，郑虔送他一张画，并还题诗其上。

杜甫见孔、李二人都是谈笑风生，郑虔平日健谈，语更风趣，今日至多随同唯诺，竟少开口，神情也颇沉闷，知他一向性傲口直，不喜贵人，一个酒后任性，开口拒绝，非但错过良机，也使主人难堪，忙向李琎举手接口道：“郑先生是甫诗文骨肉之交，像贤王这样爱才下士，定必竭其所专以请教益的了。”

李琎越发高兴，想挽留杜甫、郑虔在园中畅聚三日才对心思，席散之后还不让走。

杜甫早就看出郑虔不大高兴，老担着心，力言有一好友明日将有远行，约定今日同去看望话别，名刺未通，竟蒙赐宴，虽感盛情，心实不安，改日定必整肃衣冠，专诚拜谒。郑虔恨不能当时离开这所华屋，也跟着说今日往送友人，已然约好等语。

李琎不便强留，正要送客，忽然想起一事，笑问道：“二位先生要去看望的友人是房次律吗？”

杜甫惊问：“次律虽甫好友，已有多日未见。听贤王口气，当是新有迁调，可知他几时起身呢？”

孔巢父接口道：“说起来也是冤枉……”话刚说了一句，忽见李琎以目示意，不禁又哈哈笑道：“巢父若非奸相（李林甫）当朝，国事日非，既来长安，也不会便作还山之想。过蒙贤王厚爱，才将行期改在明年。杜兄性情中人，既承询问，应与明言。房次律因和已贬左相李适之、刑部尚书韦坚交厚，受了奸相之忌，挟嫌陷害，将他贬为宜春太守，朝命已下，日内就要起身了。”

杜甫和房琯互相看重，交情甚深，闻言立起告辞。

李琎见杜甫神情匆遽，料其必往，忙道：“二位先生少待，听我一言。次律平日与我常共杯酒之欢，适之更是我们的好友。不过，他们既然得罪李相，只恐难犹未已，事尚莫测。如其往访，最好慎重一些，免为他日之累呢。”

杜甫慨然答道：“朋友厚薄不因患难而异。当他失意之时，更无不往之理。杜甫长安布衣，郑兄也只是个俸给微薄的协律郎，当不致引起他人忌恨。容允拜辞，等小诗写成，再来呈教吧。”

李琎虽知奸相李林甫阴险忌刻，到底不便深说，杜甫、郑虔随同辞出。

孔巢父一直送出门去，悄对杜甫道：“今早我已瞒着主人去谈了一会儿。杜兄见到次律，请代致意，说我明日不能往送了。他那么好客的人，朝命一下，门前便无车马，人情真个势利得可恶。次律倒还坦然，家人奴仆却是张皇。杜兄和他知己之交，前往慰问，定见高义。此行若为奸贼所忌，至多和太白兄一样，把我们放往江湖，谁还怕他不成！”随又转向郑虔道：“初见郑兄谈锋甚豪，后来同饮便少开口，这正是你的本色。不过汝阳人并不恶，只是胆子小些。你那张画……”

郑虔哈哈笑道：“杜兄答应在先，决无使良友为我食言之理。小弟只是积习太深，不惯拘束而已。”

杜甫知道李琎收画之后又有厚赠，唯恐郑虔任性不与，自己又没有那么多的财力救他穷困，闻言才放了心。

三人且谈且行，眼看走进南门，杜、郑二人再三辞谢，巢父方始作别回转。

杜甫因房琯才华虽非李白之比，相识不久，交情也没有和李白厚，但他文韬武略均所通晓，抱负也和自己相同，不似李白既想致君泽民，又有功成身退、遁世求仙之想。当日本就打算往访，何况又当对方贬窜之时，只恐郑虔万一受累，想劝他回去，又不便明说。郑虔见他两次欲言又止，面有难色，微笑道："次律虽无深交，人却正直，杜兄不畏嫌疑，小弟就恐牵连吗？"

杜甫不好意思再说，只得听之。见天已酉初，恨不能当时赶到，共只七八里路，却走了一身汗。刚走进宣文坊，忽见前面房家门内走出一个朝官和两名侍卫，昂首高步，扳鞍上马，飞驰而去。房琯送走来人，正往里从容走进，二人不知又出什么事故，连忙赶去。应门苍头见有客来访，知道来骑尚未走远，也未通报，便自放进。

房琯得信，忙即迎出，仍和平日一样，满面春风。杜甫因他以前曾由监察御史贬为睦州司户参军，不久转任县令，所到之处兴利除弊，勤政爱民，终于内调，得到当今看重。近奉朝命往骊山布置环绕华清宫的百官区署，因此多日未见。昨早只听人说他前日回家，意欲访看孔巢父后就去寻他，不料会遭奸相陷害。知其雅量高怀，不以升沉为意，奸相却并不肯甘休。心甚忧疑，开口便问："我二人来时，曾见三骑……”

房琯接口笑道：“林甫欲置我于死地，君王不准，无计可施，仅能派一刑官逼我明日一早上路而已。老奴奈何我不得，且自由他，我们先谋一醉如何？”

杜甫原和郑虔约定，慰问房琯之后仍回郑家住上一夜，明日再往长亭饯别，以免使他家人慌乱中多此烦扰，没想到主人当此危疑之际竟和没事人一般。平时屡作长夜之谈，再若坚辞，就算主人不多心，也显得畏惧权奸，恐涉嫌疑。方一寻思，见房琯已命家人准备夜来酒食，并说“别远会稀，天明便要轻车先行，二兄当不吝此一会儿”等语。转念一想，明早往送绝来不及，半夜赶往长亭相候，又犯金吾之禁，转不如就在这里畅谈到夜，明早由此起送方便得多，于是便和郑虔同留下来。

房琯还是那么高谈阔论，始终不提因何被陷之事。杜、郑二人刚开口想要慰问，便被房琯拿话岔开，所谈多是诗酒文章，别的一字不提。

入席之后，杜甫知他机警，打算酒后乘机探询。郑虔吃了几大杯酒，越想越气闷，忍不住也要开口。

房琯接口笑道：“今日我已深知郑兄不仅多才多艺，并且和杜兄一样都是性情中人，故连二兄送别也不推辞。不过，相见时短，难得有此快聚，今夕最好只谈风月，连明朝长亭一别也请作为送我荣行，方为快事，我先饮三大杯示罚如何？”遂将酒连饮而尽。

这一来，闹得杜甫也不便再提前事，房琯始终谈笑自若，夜还未深，便请安歇，并另设一榻与客相对。

杜甫因君子在野，小人在位，好些忠义之士都受到权奸排挤，有的甚而遭了杀身之祸，满肚皮的忧愤未得吐出。见房琯已在对榻沉沉睡去，打起呼来，既忧国事，又虑良友，一夜也未睡好。刚要合眼，忽听窗外有人走动，睁眼一看，天还未明，房琯业已起身走出。刚将郑虔唤醒，洗漱起身，外面车马已早备齐。

房琯除杜、郑二友外，家人子女都不令送，只带两个随从和一些行李书籍上路。天还不曾亮透，路上行人稀少，城门也就刚开。走了一阵，杜、郑二人望见长亭内外衣冠楚楚，饯行之人颇多。初意房琯平日好客，这些相知故旧多在暗中赶来相送，到后才知这般人虽多与房琯相识，送的却不是房琯。被送的人恰是李林甫门下爪牙，新放外任，送行的也是一些趋炎附势之徒，对于房琯竟如未见。相形之下分外显得人情冷暖，世态炎凉。

房琯依然行所无事，到了亭内便笑道：“送君千里，终须一别，我们这就分手吧。”随即拱手作别。杜、郑二人连一句惜别的话也未顾得说，眼睁睁望着房琯轻车简从往前驰去，天却下起雨来。

第三回

急景正凋年，笔染烟云唯有饿
考功仍下第，诗成珠玉也长贫

杜、郑二人归途雨势渐大，见道旁有一小酒肆，便入内避雨。偏生那雨淅淅沥沥兀自不肯停歇，冷雨敲窗，凄风吹鬓，心情苦闷，更念远人。正要了些酒菜来对饮消愁，并托酒家代办两份雨具。忽见两个酒客冒雨走进，虽然张着雨伞，下半截衣服已被雨点飘湿。内一少年生得猿背蜂腰，面如冠玉，双眸炯炯，顾盼非常，进得门来，随手把雨伞往壁间一搁，便喊："酒保快备酒菜！"同来一人正向门边抖那伞上的雨水，动作也颇轻快。杜甫因那少年虽像是个世家公子，衣冠却颇朴素，眉宇之间别具英姿，人也随便，没有寻常纨绔习气，不由多看了两眼。正想此人倒也英俊，耳听有人笑呼："子美！"转脸一看，一个年纪不过三十上下、神采奕奕、仪容俊朗的少年正朝自己含笑走来，看去非常面熟。忽然想起，来人正是门边抖雨的一个，前在东都相识的南阳岑参。因他人很豪爽，富有胆识，诗也作得极好，彼此十分投契。一别数年，不知何往，日前才打听出前年中了进士，人在长安，正想寻他叙阔，不料无心相遇，忙即拱手笑迎，并向郑虔引见。先一少年也满面笑容走了过来。落座通名，才知少年正是自己平日佩服的忘年之交故尚书严挺之的儿子严武。前在东都相见时他还是个幼童，不料人已长大，生得这样英俊，言谈举动又极豪迈，深幸故人有子，更加高兴。

严武，号季鹰，因父亲在日屡次称赞杜甫的才能，只为见面时父亲正受到奸相李林甫的排挤，业已贬官退隐，不能使其进用，常时引为恨事。本有先入之见，再见到杜甫的言论风采果与寻常腐儒不同，又是殷勤赞许，不以老辈自居，心更佩服，自然亲近。风雨潇潇，肆中更无他客，这长幼四人都是多才多艺，而又喜友健谈的人物，彼此投机自不必说。这一席酒竟吃到掌灯以后犹有余兴。后来还是杜甫恐郑虔之妻等门，恰好风雨初停，便和郑、岑、严三人定了后会之约一同散去。

过了几天，杜甫把奉赠汝阳王的诗作好。因恐郑虔懒得现画，亲自往访，帮他挑了一幅现成的画，题上一首诗，又强他换了一身干净衣履，同往汝阳王别墅，才知李琎已往骊山，便托孔巢父代为转交，事后也未作理会。

光阴易过，转眼隆冬，杜甫因郑虔光景穷困，当此残冬腊底，彼此都很艰难，正打算到奉天县去寻父亲要点钱米，与他分用，孔巢父忽奉李琎之命给二人送来好些润笔和礼物，并请除夕前三日前往王府赴宴。巢父刚走，严武又亲身送来二十两银子。

杜甫笑道："孔巢父刚代汝阳王送我和郑虔几十两银子和许多礼物，足供我二人度岁之用。'君子周急不济富'，这回的盛意我心领罢了！"

严武两道秀眉一扬，转问道："前辈旅食长安，人更疏财爱友，汝阳王区区数十两银子济得甚事呢？如不肯收，就是嫌我来意不诚了。"

杜甫自和严武聚了两三个月，知他性刚，说出话来定要做到，不便再推，只得笑道："季鹰也是旅食长安，并非富有，屡蒙惠赠，心实不安，过蒙厚爱，我也不再推辞。郑先生长才落魄，人又耿介，当此岁暮天寒，定难度日。自来救穷如救火，早一时好一时，你我同往访他，就便把汝阳所赠财物给他带去，如何？"

严武道："汝阳润笔为何不亲自派人送去，却要先辈转交呢？"

杜甫道："巢父本定是代汝阳亲往，只为今日还有他事，又知郑先生正在等用，才托我转交，并为致意。我们先去找他，就便约了岑先生同谋一醉如何？"

严武道："本想约好岑先生，再等先辈同饮的。不料岑先生已往郊外行猎，我正打算赶去呢。今日申酉之交我在旗亭酒楼恭候先辈和郑先生，同来一醉，暂不奉陪了。”说罢，起身作别。

杜甫急于赶往郑家，送走严武，便即起身。因郑虔人虽豪爽，性情孤僻，素来不喜王公贵人，上次送画给汝阳王好像有些勉强，防他不受对方礼物，也不肯前去赴宴。正想见人之后如何说法，到时恰遇郑妻出来开门，把杜甫请到画室落座，说郑虔选了十几张画，准备卖些钱回来和杜甫二人分用，一清早空肚子去，还未回来。

杜甫说明来意，把银子礼物留下，又嘱咐了几句话。刚起身要走，忽见郑虔笼着一双破袖口，胁下夹着一大卷画，无精打采地由外走进，脸都冻紫，忙呼：“郑兄。”

郑虔见了杜甫，立现喜容，开口便说道：“只要晚回一步我们就错过了。”随将胁下那卷画往矮榻上一扔，冬日严寒，声都微颤。

杜甫见他神情颓丧，料他忍着饥寒到处奔走，出卖心血，白跑了半日，一张画也未卖成，失望而回。先前又见郑妻母子三人均有寒色，分明近日光景越发穷苦。知道他人穷骨头硬，此时定有满腹牢骚，一个话不投机，就许拒而不受。好在方才嘱咐郑妻，已有安排，银子礼物也都收起。不等发话，便先笑道：“今日彤云密布，严季鹰约我二人同往旗亭消寒待雪。正好有人送了我些银子，奉约吾兄到大街上先看两件衣服，再往旗亭小饮如何？”

郑虔清早出门时家中已无粒米，又知杜甫钱也用尽，同样艰难，迫不得已，才狠着心肠把平日不愿出卖的几张画拿去出售。先寻几个相识的穷朋友，俱都无能为力。最后无法，才寻那些经营书画的店铺去沿门兜售。郑虔以前曾见店中陈列的那些书画，只要是有眼睛的人都能看出比他所画差得多，价值也颇昂贵，满腹热望，期于必售。哪知店主人见他是个不知名的寒士，非但拒而不要，还说了许多闲话，简直无理可讲。任他说得舌敝唇焦，对方只是置之不理。郑虔想起家中儿女啼饥号寒的惨况，又不能不硬着头皮再满处去乱撞。后来走遍长安画肆，所遇都是一般嘴脸。奔波半日，休说把画出卖，连一口好气也未换到。最可气是，有两处店主人说：“你用的绢倒还不差，你如不画得这个样还可换钱，这一画分文都不值了。”

郑虔初听时气得真想抱以老拳，等到连问好多家，话都大同小异，气也越来越馁。甚而连自己精心得意之作都怀疑起来，恨不能把它一把火烧光才痛快。最后还是想到家中妻室儿女尚在忍饥苦盼，不能不求活路，当时把牙一咬，决计赶回家中，把旧存和上月杜甫所送的一些素绢全数拿出，换些钱米，暂且度命，再作别的打算，从此绝笔，誓不再写再画了。急匆匆赶回来，没想到杜甫正在此时来访，再约他去看衣服；同时发现妻儿面上均有笑容，料定这位好朋友不知何处弄了些钱又来救急，不由得朝妻子看了一眼。

郑妻笑道：“你放心跟杜兄去罢，省得误了人家约会。我母女消消停停地做饭，免你在家又催得我心慌。”

郑虔闻言，心中越定，又听杜甫连声催走，良友情重，受助已多，如何还落俗套？高高兴兴跟了就走。

杜甫先因郑虔腹中空虚，买好衣服，同到旗亭。进门便说自己早来午饭不曾吃饱，无须再等严武，先叫了好些酒食，等郑虔吃饱，谈风又健，这才提起李琎送来润笔之事。

郑虔听完，哈哈笑道：“子美兄，你当我不识时务吗？我拿画送人，人家送我礼物，受之无愧。就是不送，扰了人家一席盛宴，又有杜兄的话，也不相干。汝阳极少王公习气，人并不恶。我只是不惯和官贵中人亲近，前事已早忘怀，故未再提而已。所送礼物虽然多了一些，现在我们正用得着，也无须故示孤高，不近人情之理。”

杜甫遂又问知朝来卖画受气之事，好生愤慨。

旗亭在凝辉坊大街上，飞檐五重，地势宽广，饮食陈设样样精美，为唐时长安学士文人、伶官贵介宴饮行乐之地。杜、郑二人去得早，座位正好临窗，一面可以遥望终南阴岭，一面可以近眺芙蓉御苑。俯视长安城内的十万人家，屋瓦如鳞，许多繁盛的街市和流水一般的行人车马往来都在足下。二人只顾说笑，也无心去看。后见时已酉初，寒云低压，朔风不生，天空中渐有雪花飘下，登楼赏雪的酒客也越来越多，好些华服少年并还带有伶官歌伎，衣香鬓影，笑语风生，整座酒楼便热闹起来。正想严武素来性急，已到约定时间怎还未到，忽见一个中年文士走上楼来。刚看出那是岑参新交的诗友薛据，耳听郑虔手指窗外笑呼："子美兄快看！这人骑马的本领似不在你以下呢。"回顾窗外雪已越下越大，东南方大片疏林中有两人两骑，挂了佩剑，冲风冒雪而来。当前一人头戴纶巾，身穿杏黄裘，骑着一匹枣红色的大马跑得正急。到了左近溪前，似恐溪水冰冻，将马滑倒，刚把辔头一勒，紧随身后的马上少年骑术更好，跑得更急，也自追到。眼看二马首尾相衔，快要撞上，少年忽把缰绳往侧一勒，当时避开前骑，连人带马凌空腾起，竟将那一丈多宽的冰溪跃过，马不停蹄，连同后面踏冰而渡的同伴一路急驰，往旗亭这面赶来。少年腰挂长剑，挺坐马背之上，人既英武，披着一件大红斗篷，骑的又是一匹白马，突然腾空飞渡，吃风一吹，斗篷立被兜起，宛如一片红云，护着一人一马飞翔于千层雪浪之中，豪快无伦，好看已极。等来人绕到楼前下马，才看出后一骑像是岑参，马上并还挂有东西。转眼便听来人上楼，当头一人正是严武，手中还提着一串山鸡等野味。见面才知他和岑参出城行猎，换了装束，又正下雪，故未看出岑参、薛据都是应约而来。

岑参刚同入座，便对杜甫说："昨日听说朝廷下诏，明春将要举行考功之试，只要有一艺之长者均可前往应考，这是一个进身的机会，请杜兄不要错过。”

宾主五人畅饮谈笑到了掌灯之后，见楼上酒客越多，笙歌四起，杂以谐笑之声，十分聒耳。岑参、郑虔首先不耐，严武也觉声音嘈杂，难以畅谈，便说今日打来野味甚多，要请众人同到他的寓所，再作长夜之谈。

杜甫因岑参、薛据首先称妙，严武年轻，又最好客喜事，不愿扫他高兴，也就笑诺。侧顾郑虔面有难色，脸又通红，头上直冒热汗，知他先前穿得单薄，新买皮裘刚穿上身，炉火又旺所致。又想起他一清早在严寒中奔走了半日，到家还未坐定，便被自己拉来，此时难免疲乏，不等开口，便作为自己的意思，代向严武婉言辞谢。郑虔自愿回家，看他老妻儿女冬衣上身也未，乘机谢别，先自走去。

严武所居离旗亭甚近，连马也未骑，便陪了岑、杜、薛三人踏雪同行。严武虽非大富，这时光景比这几人都好，又当离年已近，酒食齐全，又是一个喜聚不喜散的性情，一同欢聚到夜间才罢。

第三日便是腊月二十七，杜甫和郑虔应约同去汝阳王府赴宴。

李琎虽觉郑虔是个才子，还不怎样，对于杜甫却是非常看重。第二日又单送杜甫好些丰酒果饼。杜甫本意去往奉天县省亲，这一来只好留在长安度岁了。

李琎所送酒食就多，严武又送了些年礼来。杜甫一个人自吃不完，便分送了好些给郑虔和岑参，下余和全旅社的人们一同分享。因孙宰等几个交情较深的人均已回家度岁，饭后觉着无聊，耳听隔院客房内呼卢喝雉之声，便去加入同赌，赌兴甚豪，赢了十来两银子，部分送给了输家，也没有要。开春以后朋友相识得越多，李琎时为揄扬，并常送他一些费用，严武也常相赠，有时写两首诗送给比较看得起的朝臣，在才名渐起之际，也能得到一些馈赠。旅食生涯居然不恶，也无须再要父亲接济了。

三月中旬，朝廷举行考试，杜甫满拟近来诗文比前作得更好，断无不取之理，不料徒劳无功，依然下第。杜甫先还以为主司无眼，不识真才，事后才知奸相李林甫妒忌贤能，一面暗嘱考官所有应考的人一个都不许中，一面却向朝廷去上贺表，大意说："天子圣明，天下人才均受到朝廷重用，业已'野无遗贤'。所有应考的人都是妄想干进的庸流，全不见有一艺之长。考官不敢使此辈滥窃朝廷名位，因此一人也未取上。"当今天子居然深信不疑。再一访问，如元结等富有才名的人物同样也未录取。心虽愤慨，无可如何。跟着接父亲来信，老病催归，不禁大惊，星夜赶往奉天县，杜闲业已卧床不起。不久，便病故在任上。杜甫自然哀痛万分。葬父之后，家境越发困难，便将巩县原有的先人遗产留给继母弟妹，自回洛阳，将姑母当年所赠薄田和一些零星物件全数变卖，带了妻子移居长安，在杜陵左近盖了几间茅屋，买了几亩田地，自率家人耕种。另外还种上一些药草，准备卖来贴补家用。一面又按照着当时风气，作些诗文，去向朝贵们投送，以谋进取，或是求得对方一些赠送。这样安定的生活和不可必得的事自然要受到许多的困难挫折。何况这三年工夫，一些可以帮助他的人，不是在奸相排挤之下贬官外调，便是光景比他好不了许多。能够资助他的只有汝阳王李琎和驸马郑潜曜等有限两人。好友中严武已任太原府参军事。岑参出身孤贫，先任左补阙，因为人刚直，又富胆力，时常斥责朝中奸邪，得罪权贵，被改任为起居郎，俸给微薄，也不得意。总算郑虔的画已渐有人要，虽然润笔无多，依旧清贫，比初见时却好了些。并且只要卖出一张画，必来寻杜甫分用，或是快叙终日，畅饮一醉，对于杜甫不无小补。杜甫有了钱，自然也去寻他，这两个穷朋友彼此相顾，交情越来越深，都把对方认为穷途中的一种安慰，无话不谈。杜甫在长安住了四年，偶然也回洛阳去扫墓，看望亲友。

朝廷连年用兵，多开边衅，天宝初年虽然打过几次胜仗，全都得不偿失，并还加重了外族对唐室的仇恨。用兵的次数既多，壮丁越少，兵额自然不足，不得不把年纪渐长的百姓也强拉去当兵。征兵官吏十九横暴，甚至连老弱也被迫从军应役。长期战争造成了兵源的缺乏，兵的质量也由强转弱，由胜转败，空使万民茹怒，士气消沉，终于元气大伤，走上不可收拾的地步。这时，相隔安史之乱还差着好几年，在朝廷穷兵黩武、苦战不休的情况下，大量田园多被荒废，国力凋敝，民不聊生。李隆基一味贪恋酒色，浪费无度，上行下效，相习成风。奸相李林甫、杨钊（国忠）又都把持朝政，结党营私，贿赂公行，无恶不作，更给人民加深了严重的灾害。百姓们有家不能归，有地不能种，闹得疮痍满目，“野哭千家”。开元初期，“稻米流脂粟米白，公私仓廪俱丰实”的繁荣盛况，竟变成了一片呻吟悲苦之声！这和当时权臣贵戚们的尽量豪华、无穷享受、肉山酒海、早夜笙歌成了极鲜明的对照。长安物价也一天比一天昂贵起来。

杜甫在米珠薪桂、饥寒交迫的重压下，只管未老先衰、又穷又病，除按当时的风气奔走朱门，用心血所写的诗文到处投递，以争取他全家老小的生存而外，更无他计。先还只向比较投机的人们去诉苦求助，后来光景越发穷困，万般无奈，竟连一向看不起的朝臣和纨绔子弟也都找到。压着满腹牢骚，低首下心，强为欢笑，去做他们的门下宾客。长时期的磨折，虽使得他年纪刚近四十双鬓已星，这位诗人的豪迈心情并未因此削弱。他自己的光景越来越穷困，全家长幼衣食不周，而所见到的许多鸠形鹄面、流离道路而又呼告无门的穷苦百姓，身受惨痛较他尤甚，本就由不得要洒上一掬同情之泪，再一想起平日，为了衣食奔走朱门所见到的酣歌恒舞，稍微大一点宴会便倾中人十家之产的豪华景象，越发加重了满腹气愤。明明知道这些宦贵中人十九是行尸走肉，无一通品，自己却不争气，偏要时常去向他们乞怜。有时看不惯这些人的眉高眼低，也曾忍不住怒火说上几句气话，拂袖而去，走到路上还觉自己傲骨嶙峋，到底不甘常为财势所屈，满腹气愤，也舒散了好些。但一想到自己虽然发泄了几句牢骚，人已酒足饭饱，家中却是四壁萧然，冷灶无烟，一二日内便有断炊之虞。冷风一吹，盛气立馁。勉强赶到家中，一面强打精神安慰妻子，一面还要搜索枯肠，乱打主意。昨晚这家业已得罪，明天又去寻谁？最可虑是，这班人物以类聚，常共宴游，声气多半相通，伤了一个，就能带上好几个。近来已听人传说杜子美穷极无聊，人更狂傲。万一寻上门去，再看上许多嘴脸，还受一顿抢白，岂不更糟？心中万分愁急，表面却不忍向妻子明言。这情景真个苦痛已极。像这样的苦痛，他身受已不止一回。磨来磨去，竟把少年时的锋芒磨掉了好些。渐渐也能忍气吞声，轻易不肯发作，郁积在心里头的怒火却是越来越盛了。他苦盼出一贤君，回复贞观、开元之盛，使那千万苦难百姓免于饥寒，安居乐业。自己也能因时进用，施展平生抱负。可是光景越来越穷，所想的事也越没有指望，眼看穷得不能度日了，忽听人说，韦济由河南尹内调尚书左丞，已回长安。经过洛阳时，并还到尸乡亭窑洞访看他由长安回家也未。想到初到长安时，虽得过韦济的帮助，又很赏识他的诗文，后来韦济调任在外，双方久未相见。这时听说韦济调京，自然认为是个救星，当时便找了去。偏偏韦济出门未归，那些应门奴仆又都不是旧人，无一相识。杜甫衣冠不整，不便在人家中等候，只得把话留下，去到街上闲踱。刚走了两条街，因恐韦济回来错过，忙又赶到韦家探问，还是未回。似这样接连去了几次，韦家奴仆嫌他来得絮聒，一次比一次厌烦，辞色自然有些不逊。杜甫也被闹得越来越胆怯，末了两次行近韦家先就气短，已有望门却步之感，到最后一次硬着头皮去叩门时，被应门人上下打量，说了好些无礼的话。愧忿交杂，越想越恨，先觉求人之难，自己衣冠士类，如何受这奴才的气？怒火刚起，忽然想到现在衣食艰难，如换别家，士可杀而不可辱，当然从此绝交，不再上门。韦左丞以前对我十分看重，又曾到我故乡登门访问，想见朋友热肠仍如当年一样，他本人并不在家，官做得大，奴仆就多，人情也必势利。何况他们又不知道主人和我的交情，说话无礼也是难怪。想着想着不觉又走了两街。猛又想起，韦家这般奴仆十分可恶，万一回来他们不给我去通禀，如何是好？心里一惊，忙往回跑。跑了一身汗，快要到达，望见韦家大门已然关闭，门前也无车马，并不像是回来神气。实在没有勇气再去看那应门奴仆的嘴脸，大老远跑进城来，连在街上闲走，一直不曾停腿，人也有些疲乏。如往别处访友，又恐错过，便为难起来。想了又想，决计就在韦家门前等候。正站得心焦腿酸，猛想起韦济喜静好道，常时独坐参玄，如其仍在家中，下人不为通报，转眼就是黄昏天黑，身上分文皆无，城门一关怎么回去？一时情急，更不寻思，匆匆又去叩门。刚想到方才受气情景，心里一寒，想要停手，门环已被敲动。

大门开处，走出来的恰是方才说话最蛮横的健仆，不等杜甫发问，便气冲冲喝问道："告诉你主人不在家，你改天再来不是一样？总共不多一会，你就麻烦了我们六次……"

杜甫连方才想问主人是否在家静坐的话都被堵了回去，又气又愧，窘在那里，开不出口来。

健仆还想发作几句，忽听喝道之声，探头往西一看，忙即回身。刚一侧转，门内已有十几个健仆抢了出来，大门全开，分行侍立，各自整理着所穿衣帽，一言不发。

这半天杜甫只一发现街上路过的驺从和喝道之声，定必留意窥探，业已多次。见此情势，料是韦济回来，探头往前一看，前行驺从果是尚书的仪仗。心中一松，连忙抢步迎上前去。

第四回

高谊托风尘，斗酒只鸡珍远别
清辉怜玉臂，砧声午夜感深情

韦济刚由城东景德坊轩辕庙访看术士孙甑生回来，见杜甫长揖马前，忙将从人喝住，下车相见。一面屏退驺从，自和杜甫步行到家。入内落座之后，因见杜甫形容憔悴，衣冠也颇敝旧，问知别后数年来的光景，便劝他道："以子美之才，断无长此落魄之理。愚兄近年勤习玄理，颇知此中消长盈虚之道，觉着人生朝露，越发甘于淡泊。还望子美养机待时，不以升沉为念才好。方才所说那些愤世嫉俗的话，以后不要再对旁人说了。故交重逢，我们都有许多话要说。可惜今天杨丞相晚宴，在座都是王公大臣，我不得不奉陪末座，改日我再专诚拜访，同谋一醉，细谈别况吧。"

杜甫知道韦济平日专以黄老之学和引进方士迎合君心，与李白的求仙好道、精研玄理迥不相同。此人平日虽不贪收贿赂，对友也颇情长，偏爱交结一些无聊的道士，说上一些无稽的话来表示他有高世之想。其实，这正是他不高明的地方。照老朋友的情分，恨不能劝他几句。无奈正当事急求人之际，万一忠言逆耳，引他不快，非但钱借不成，还辜负了他平日爱才美意。话到口边又缩回去，正想如何开口，两个妙龄侍女已分端了两盘精致的点心走进，朝宾主二人半跪献上。

韦济笑对杜甫道："我方才在庙里吃了一顿素斋，没有吃饱。这是家厨所制的百花糕和鹅掌羹，羹里下有鸡肉小饺，请稍微进点点心吧。杨相招宴，必须早去，吃完就要和你改日再谈了。"

杜甫正端起那鹅掌羹，便听出主人口气，表示吃完就要起身，知韦济并非有心逐客，到底贵贱悬殊，时间又这样匆促，好容易见到一面，再会不知何日，家中一二日内就要断炊，这话如何说法？只顾盘算，那么鲜美的一碗鹅掌羹竟会随口吞下，含而不知其味，百花糕也忘了吃。心情烦乱中瞥见韦济朝内中一个最秀美的侍女耳语了几句，也不知说些什么。因见主人快要吃完，并命另一侍女传命准备车马。心里一急，又想开口。

韦济笑道："我已命人备马，先送子美回去，三日后必往拜访。近来酬应较忙，费用日多，未能多所奉赠，暂送白银三十两，略供茶酒之费。你我知交，幸勿见拒呢。"

杜甫话未听完，见侍女已将银子取来捧上，心中自是感激，接过之后再三称谢。

另一侍女来报，车马业已备齐。杜甫也就起身作别。

韦济笑道：“此时天已不早，我命人送子美回去，马已备好。请先走一步，我还要到后面换了衣冠才起身呢。”

杜甫推辞不掉，只得谢了。门外早有一名健仆备好两匹快马候在那里。

韦济亲送杜甫出门上马，并说“三日后必往访看”，方始回转。

杜甫赶到家中天已黄昏。杜妻杨氏拉着爱子宗文正在倚门凝望，一见丈夫乘马归来，另外还有一骑陪送，料知所访韦左丞已然见到，心才略放。等杜甫打发来骑走后，同到里面，便忙着把事前准备好的麦饭热好端来，并说那盘腌芹菜是刚采来的，要杜甫多吃一些，有话等吃完再说。

杜甫早把银子取出，放在桌上，几次要开口，都被杨氏拦住。不愿辜负她的好意，匆匆把饭吃完，边擦嘴，边笑道：“韦左丞送了我三十两银子，又可以过个把月了。”

杨氏笑道：“什么话还没说，先提银子。这，我早看见了。你怎么吃得不多，是嫌没有荤吗？几时找到韦左丞的？”

杜甫这才把几次寻找韦济，人不在家，站在门外苦等的经过说了出来，还叹了口气。

杨氏知道丈夫心意和身受之苦，忍不住眼花一转，又笑道："你怕我听你说出前半段难受，所以一开口就先提银子。其实，你一进门我就看出来了。这类事何止一回呢？唉，像你这样人，会有这种境遇，真是的……"话未说完，眼花二次一转，又忍了回去。跟着又道："你的好朋友岑参因在长安久不得志，严季鹰走后，他更无聊，今天午后前来寻你，说他本来打算还乡归隐，又觉就此老死山林心中不甘，想起安西四镇节度使高仙芝和他曾在季鹰家中见过两面，打算去试一试，不久就要起身了。"

杜甫闻言大惊道："岑参要走了吗？他虽中进士，当了右卫率府兵曹参军。官小俸薄，人又豪爽，光景和郑虔一样清贫。此行置备行李定必艰难，行期又是这样急迫。好在天时尚早，相隔只有数里之遥，待我把这银子分一半给他送去，就便和他话别，也许这两天和他一起，我暂时不回来了。"

杨氏见丈夫边说边往外走，忙赶上去，伸手拉住道："你平日人很安详，只一沾上朋友的事，就是这样心慌，我的话还没说完呢。"

杜甫忙道："别远会稀，怎得不慌？有话快说，天不早了。"

杨氏道："岑君正因行李艰难，还要筹办旅费，走时留话，这几天内不会在家。你如前往话别，必须在第六天的早上呢。"

杜甫道："这真不凑巧，单单今天出去跑了一天。不然，多见一面也好。”

杨氏请杜甫坐下，又递过一杯开水，笑道：“好朋友当然惜别。可是你今天如其见不到韦左丞，拿什么银子送他呢？”

杜甫无话可答。奔走了这一天，人也十分疲倦。把宗文抱坐膝上，说笑几句，便听杨氏劝告，先去安歇。

一晃三四天过去。杜甫先以为韦济必要来访，哪知由第四天等到第六天早上，一直未见他来。却向人问出岑参已往华州访友，定于第六日中午回转。行时并托同居友人转告杜甫，双方先到，必须同在一起聚会上几天再走。这一来自难兼顾，匆匆洗漱就要出门。

杨氏笑问道：“你不等韦左丞了吗？”

杜甫道：“韦左丞近在长安，随时都可见到。我和岑参这一别，却不知何时才得相逢呢！”

杨氏又笑道：“岑君中午才回，一大清早你忙什么？就要先去等他，你也吃点东西要走。”

杜甫不愿辜负她的情意，又见天色果然还早，点头笑诺，回房坐下。

杨氏因近来家境越发困苦，丈夫除了偶然有人约饮，在家时节吃的都是粗粝。昨日特地为他买了一斤羊肉，还未吃完。想用羊肉汤给他泡馍，吃饱再走，偏偏剩馍业已吃光。刚上笼的馍自然不是当时就能蒸透。中间杜甫连往灶后帮助添火，杨氏都把他拦了回去。好容易才把馍蒸熟，端到屋内，杜甫不等馍凉，便取了几个，掰成三碗。杨氏微嗔道：“从来没见你这样性子急过。你不是不知道蒸笼上气之后还要多蒸一会，偏要多费柴火，再说你那儿子也吃不了这许多呀。”边说，边把羊肉汤给杜甫碗里泡上，又夹了几块肥羊肉，然后再给宗文和自己浇汤。杜甫匆匆吃完，擦了擦嘴，刚站起身，杨氏又恐他住在岑参那里晚凉衣单，强着添了一件夹半臂在里面才送出去。

岑参孤身一人，寄居在杜曲东南相隔七八里的朋友家中。杜甫虽盼和他能早见面，但知岑参由华州来，就是马快，也不会在午前赶到。因那家主人也是寒士，平日还谈得来。本打算先寻主人探问岑参为何走得这急，刚走出两里来地，便见岑参骑着一匹快马急驰而来，连忙挥手招呼。

岑参纵身下马，拉着杜甫的手，开口便道：“我正找你，你倒提前赶来了。快到我那里去！今天我有好酒，还有好些下酒菜。房主人并不差，只是酸气太重。难得他一清早有事进城，留他不住。正好我们两人痛饮畅谈，过几天你再送我上路。这回送我，就不像你送房次律那样黯然魂消了。”

杜甫见岑参说时神采奕奕，穿着也似新制，并还骑着一匹鞍鞯鲜明的快马，料知有了遇合，好生代他欢喜。笑问道：“老弟高才雅量，数载沉沦，今日神情分外俊朗，必有佳遇，能见告吗？”

岑参笑道：“高仙芝已来信约我为他记室了（书记，等于现在的秘书）。事虽巧合，当不致虚此一行。大丈夫不能建立功业，却去依人作嫁，怎能谈到遇合之喜？我高兴的是前日所遇见的一件奇事！”

杜甫忙问：“有何奇事？”

岑参笑答：“这件事不能随便讲。必须请你连饮三大杯，才能奉告。好在荒居离此才五六里路，我们先谈一些别的吧。”

杜甫以为岑参才名高大，又有别的朝贵援引，忍不住又问道：“你不去安西了吗？”

岑参答道：“此是严季鹰为我先容，何况边患日亟，焉有不去之理！我日前到华州去向人借盘川，见沿途田园荒废，民不聊生，那些虎狼一样的官差还在到处捉人当兵，连老弱俱都难免。朝廷重用哥舒翰、安禄山等诸将，屡开边衅，争战不休，李、杨二相又是那样无恶不作，眼看天下非乱不可！此行我并不想学卫（青）、霍（去病）诸贤，立功异域，只想这位高节度万一对我稍加信任，便可随时进言，少害些人，使百姓减掉一些苦难而已。这样釜底抽薪，虽然无补全局，如能办到，到底也可少伤一点元气。等到三杯酒后，我一说那件奇事，你就会拍掌称快了。”

二人边谈边走，不觉走到岑参的寓所。

岑参把马交与应门小童，便陪杜甫入内。因其比较年轻，素喜清洁，又用着一个十五六岁的小童，所住两间西屋虽然土墙茅顶，陈设无多，纸窗竹榻却是净无纤尘，并且室有琴书，壁悬长剑，晴光朗照，花影扶疏，于整洁中别具一种高雅朴素之致。

杜甫照着平日习惯，坐在靠壁短竹榻上，连问有何奇事，岑参俱都微笑不语。

隔了一会儿，小童走进，说："酒已温好。"岑参便将室内两个矮木墩和小童分拿出去，并请杜甫入座。

杜甫随到外屋一看，矮木方几上放着一大盘炙鸡，一大盘腌鹿脯和一盘春韭，还有一瓦壶酒。

岑参把酒斟上，便请杜甫先饮三杯。

杜甫因他自从严季鹰走后，留客同饮久已无此丰盛，越发想听那件奇事，当时连干了三杯。笑道："三杯酒过，你该说那奇遇了吧！"

岑参笑道："前日我往华州，无意中遇到一位名叫李九娘的少妇，正是你以前所谈公孙大娘的女弟子，剑术极佳。听说她的妹子李十二娘比她更强，你道奇也不奇？"

杜甫道："我幼年时，曾看过公孙大娘舞剑器。纵横击刺宛如电舞虹飞，惊心炫目，变化无方，叹为绝技。好些年来不曾再见这样高手。不料竟有传人，果然是件快事。但是与你无干，奇在哪里？"

岑参笑道："她丈夫孙鹰也是一位侠士。"

杜甫刚"哦"了一声，岑参忙又接口道："本来我和这夫妻俩素昧平生。他们和常人一样，也未露出锋芒。只为众官差强抓老弱去当兵，倚势横行，无可理喻。我本意上前劝解，并没打算和这些人动武。不料这般奴才见我衣履敝旧，开口便骂，举手便打。我正寡不敌众，他们夫妻俩忽然挺身相助，将好几十个官差全数打败，并逼他们把所擒十一名老弱全数放走，从此不许再往当地骚扰。妙在全数制伏，未伤一人。最后说出他夫妻的姓名，那伙官差竟全数抱头鼠窜而去。我在途中打尖时又遇见了他们，彼此谈得十分投契，定要留我聚上几天。我也喜欢交到这样朋友，便留了下来。临分手前，孙鹰忽说，他们虽然隐迹风尘，手边银钱却颇富余，定要送我五十两银子川资，不收就是看他们不起。我因盛情难却，只得如数愧领。昨天下午便赶了回来，连华州城里也未去。到家正巧高仙芝由安西派人来接，并送了三百两银子的聘金。我本意单骑上路，就便察看沿途形势，自然不愿带人。好容易才将来人请走，准备和你聚上几天再行上路，你便如约而来。我单人匹马用不着多少旅费，把这多余的三百两银子聘礼分出二百两来送你，正是一举两得。我辈中人，难道还有客套不成？”

杜甫闻言，想起平日开口告人难，和前几天去寻韦济的情景，不由感激得眼花乱转。知道岑参虽然出身孤寒，却最怜念苦人，崇尚朋友义气，全数推辞绝办不到。但他此去间关千里，单骑长征，本想送他一点川资，还未开口，他却反送了自己这许多，实在过意不去，强打笑容道："班生此番壮游（以班超作比），虽然前程远大，只是如今人情难料。你性情刚直，手又大方，与高节度是否一见倾心，如鱼得水，还拿不定。我前五日已蒙韦左丞送了三十两，暂时尚不需用。过蒙厚爱，再愧领你三十两，永志高义，下余仍请带在身旁，防备缓急；便在途中发现贫苦无告之人，略微资助也是佳事。愚兄虽然穷困，尚有薄田数亩可以躬耕，即使青黄不接，也还有人可找。比那颠沛流离的苦人到底要强得多呢。"

岑参气道："昨日我问来人，得知安西这一带除沿途几处驿馆外，往往走上数十百里不见人烟。真要遇上大批难民，把这三百银子全数带上也不济事。听说韦济这一任河南尹，宦囊颇丰，他并非不知你正在饥寒交迫，却只送你三十两银子。今后想要靠他助你救穷，恐无其事。至于另外那些达官富豪，无非尸居余气，附庸风雅，想借你的才名来抬高他的身价，偏不愿多破他的铿囊。华筵之上多添一份杯筷于他无伤，何乐不为？欲求实惠，决非所喜。此中滋味你已饱尝，真正看重你的人能有几个？今天范叔一寒至此，便是再寻李琎、郑潜曜，料也不是容易。怎么和我客气起来？"

杜甫见他越说越有气，怎么分说也是不听，神态反更激昂。良友热肠，无可推谢，只得应了。

岑参又道："淮阴乞食，吴市吹箫，丈夫不矜细行，自古已然。子美兄在功名未立以前，暂时用他们一点不义之财，略供日常薪米之费，本来无关大节，只是人情凉薄，最重衣冠。你穿得这样破旧，就算主人真个重你才华，也必要为他门下鼠辈排挤，多受腌臜恶气。我也同此穷困，自然爱莫能助。难得有了银子，我又无须乎用这许多，正好分送你和嫂夫人、宗文侄儿，换两件干净衣服，备上几个月的菜米，再作进取之想。即使情势所迫，非和他们交往不可，衣冠整洁一些也要方便得多，不会被人轻贱了。今天你收也要收，不收也要收。此时想起孙氏夫妻两位风尘知己，我还惭愧。你素来襟怀开朗，今天这样小气，岂非连我也不够朋友了？”

杜甫知他性情，再若推谢便假，只得应诺。想起近来的见闻遭遇，心里非常难受。

岑参只当他于心不安，故意赌酒劝菜，说些闲话。不多一会儿，宾主双方又谈笑风生起来。

杜甫早在家中留话，要等送走岑参之后才回。岑参又特意要他盘桓几天，因此二人的酒都未尽量。吃完午饭，向邻家又借了一匹马，便同出游。一连好几天，二人不是城中访友，就是去往南山渭水一带游玩风景，或是煮酒言诗，清谈永夜，谁也不舍得走开。这日杜甫想起，十年前和李白分手时，也正是这般光景。孔巢父回转江东以后便少音书。满目山河，正切怀思，岑参忽说暂时不打算走，明早还有一点事，要去多半日，请他先回家看望一下，免得妻子悬念。杜甫自来伉俪情深，又听岑参说明彼时不在家中，虽然应诺，仍不舍走，打算留到明早和岑参一同出门，再行分手。

岑参笑道："送君千里，终须一别。子美兄今夜回去，彼此都可以睡一个够。我一回来定往寻你，岂不也好？"

杜甫刚一点头，岑参便要送他一程。

这正是三月十五左右，杜曲一带风景本好，沿途花树又多，明月清风之下，夜景分外清丽。岑、杜二人踏月同行，且谈且走。人逢知己，那话也说不完。相隔杜家还有里许，岑参告辞回去。

杜甫笑道："黯然销魂者，惟别而已矣（六朝时江淹《别赋》）。这几日来，每忆昔年和太白别时光景，犹如昨日。今晚又是月朗风清，和我与太白当年分手的前夜一样。反正良夜无聊，我也送你一程如何？"

岑参笑道："子美兄真个性情中人，依你，依你。我明早却要出门，不再送你回来了。"

杜甫越谈越高兴，快把岑参送到家，方始执手依依，作别回去。行离家门将近，见沿途花树房舍都和浸在水里一样，清风吹袂，微觉夜寒，仰望晴空万里，一碧无际，只大小几片白云悬空浮动，靠近月光的云边上还闪幻起一片片的金黄色光辉，再被上面深蓝色的天空和几点微微闪耀着的疏星一陪衬，越发美极。四外却是静荡荡的，走过的几处村落也未见到一点人影。暗忖："贫富虽然悬殊，耳目终是一样。只为民穷岁歉，这一带的村民自来比较殷实，都以衣食为忧，无心赏玩风月，靠近边塞一带百姓的创巨痛深可想而知了。”心方慨叹，忽听左近河滩上传来捣衣之声，知道左近人家不多，这般时候怎么还有妇女在洗衣服？念头微动，侧顾家门已近，柴扉虚掩。入内一看，爱子宗文独卧里间小榻，睡得正香。灯光照处，左颊上现出的一个浅涡刚刚敛去，口角上也挂着一丝微笑，仿佛梦中在笑。左手伸向被外，还紧捏着一只新鞋。旁边放着两件刚做好的童衣和一只没有做完的童鞋。越看宗文越可爱，想亲他一亲，又怕惊醒。忽然想起爱妻不在屋内，见灯花还未结蕊，知她刚离开不久，心又一动，忙把宗文的小手轻轻放入被内，把带回的二百一十五两银子匆匆放下，往门外赶去。还没走到河边，便听出那捣衣之声甚是耳熟，越知所料不差。轻悄悄掩向侧面一看，杨氏果然孤身一人在河边洗衣服。因觉爱妻嫁后光阴，通没得到一日安闲。今晚明是刚把儿子哄睡，乘着月夜出来捣衣，连邻妇都未同来，越想越觉愧对。唯恐惊吓了她，又往后退了几步，先咳了一声。

杨氏比杜甫要小好几岁，虽然近年光景穷苦，仗着夫妻恩爱，性情又都开朗，能够甘于寒素，虽然将近中年，依旧保留着几分容华。月光之下看去，分外显得风鬟雾鬓，风韵天然。那挽起袖子的两条手臂，更是映月生辉，白如雪玉。

杜甫见了，自是又怜又爱，走将过去，低唤了两声。

杨氏因同伴邻妇有事先走，孤身一人，心中发慌，只顾捣衣，没有留神别处，忽听有人喊她，吓了一跳。侧顾见是丈夫回来，微笑问道："你怎么这晚才回家？请坐那旁石上，给我做个伴，让我把这几件衣服洗完，明天好拆补了来给你做春衫里子。"

杜甫伸手一摸，觉着杨氏手臂冰凉，好生怜惜，笑道："看你连膀臂都冻凉了。这时候洗什么衣服？快跟我回去，有好些话要和你说，明日还要去送人呢。"跟着，想把杨氏拉起。

杨氏把杜甫的手挣开，微嗔道："你真是……要被邻人走来看见，成个什么样子？好容易这时空闲，你和我做个伴，就足感盛情。有什么话这里说也是一样。"

杜甫知道杨氏勤于操作，拦她不住，便把这几天的经过说了。

杨氏越听越出神，正紧三下、慢两下地拿捣衣杵打着刚洗过的湿衣，忽听杜甫说银子业已带回，放在床上，慌道："你还不快回去把它藏起来！近来人们越发穷苦，像我们这样人家虽然不会有人看中，到底小心些好。"

杜甫见时将半夜，恐她劳累，乘机答道："要就你我一同回去，我不相信会有人来偷我。"

杨氏实在放心不下，又想起家中无人，爱子独卧床上，离开已有好大一会儿，只得笑诺。遂拿了衣服和捣衣杵一同回转。

杜甫心想："她以前颇喜和我一起赏花观竹，对月谈诗。自从迁回杜陵原籍以后，家境越来越穷，累得她日夜忧劳，久已无心及此。今天正好和她一同赏月，并谈这几日来的快聚。”推说宗文睡熟，恐怕惊醒，拉她同去平日读书的对面小屋之内，把窗前的帷幔卷起，并坐窗前。手指云影天光，正在谈说岑参一介寒士，竟比城中那些达官贵人豪爽百倍。猛瞥见杨氏两眼亮晶晶地迸出两点泪珠，知她因听岑参这样高义，想起近几年的苦况，心中酸苦，忙以温言劝慰。

杨氏见月光照处，杜甫目中也有泪光，忙将泪痕擦去，强笑道：“只顾听你说话，还忘了一件事。你寻岑君去的第二天，韦左丞便打发人来，说人新回长安，许多酬应，近日身又不爽，无暇前来看你，以后如短钱用，只管前去寻他，多少必有以报。另外还送来一些酒肉布帛。我打发来人走后，知道你不会因此回家，好在韦左丞不曾亲来，也未托人给你送信。我已为你做好春衣，明天上完里子，就可以穿了。”

杜甫笑道：“此老为人虽然远非岑参之比，这样对我总算难得。天已不早，我们睡吧。”

杨氏认为岑参劝丈夫的话非常有理，又和杜甫商量，要给他制备两套比较像样的衣冠鞋袜，免负良友盛意。这类事杜甫向例是由杨氏主持。

次日，杜甫匆匆吃完午饭，就往岑家赶。中途遇见小童，才知岑参天刚一亮就匹马孤身前往安西，已早起身了。

想起他昨夜所说“送君千里，终须一别”之言，知其有意如此。连向小童探询岑参走时光景，意犹不舍。又往岑家空屋内徘徊感叹了一阵，方始回转。

第五回

献到宫廷，妙笔才为当世重
躬亲垄亩，衷怀始共野人知

杜甫往送岑参没有送成，回到家中，想起平生几个好友，除严武少年英俊，前途似可有为而外，余下诸人，不是遭受贬窜，便是落拓江湖，再不就是沉沦下位，苦不得意。岑参虽然“识度清远”，只是性情刚正，崇尚气节，不合时流。此次载笔从军，远赴安西，是否能够展开他的抱负也很难说。和杨氏谈了一阵，好生慨叹。

杨氏劝道：“房次律簪缨世裔（房琯父融，武后时以正谏大夫同凤阁鸾台平章事），识度过人，主上所知，尚以触忤权贵，贬窜在外；严季鹰，名臣严挺之之子，英武多才，也因奸相嫌他少年刚直，不令在朝；何况你和李（白）、高（适）、岑（参）、郑（虔）诸君。如今君子在野，小人在位，想要得志，自非容易。除非归隐山林，其势又不能不与

富贵中人来往。像你近来那样风尘肮脏，衣冠敝旧，即使主人不以为怪，也必受他宾从冷眼，自惭形秽。难得岑君肝胆照人，送你这许多银子，我想先给你做两件整齐一点的衣服，以便寻人。再置上几亩园地，以为生计。进不能求取功名，退亦可以躬耕陇亩，不是好吗？”

杜甫慨然答道：“丈夫不能建立功名，便学陶渊明力田自给，南山寄傲。稍微得已，谁愿去向那些富贵中人折腰呢？”话未说完，忽听外面有人连呼“子美”，赶出一看，一个葛巾野服的中年人已推开柴扉，往里走进。正是新近隐居樊川的咸阳士人好友王倚，杜甫连忙请到对面书室落座。杨氏便去准备汤水食物，款待来客。

王倚开口便道：“今天告诉子美兄一件快事。你那位好朋友郑先生，业已名满长安了。”

杜甫惊喜交集道：“日前我约岑参往访郑兄未遇，岑兄见他家境艰难，还给他留了二十两银子，后往旗亭小饮等他，也未见来。我正准备日内进城看望，不料竟有这样喜事！我知郑兄不会做官，即使新有升迁，也不过是些冷职闲曹，怎会三天之内就享了盛名呢？”

王倚笑道：“郑先生于天文地理、兵书战略以至关塞险要无不通晓，你是深知道的。他满腹文章经济，不为时用，连想以卖画糊口都极艰难。前日逼得无法，不知听了何人的劝，选了一张画，题上一首长诗，献给朝廷，不料当今天子一见大为称赏！竟在画上题了‘郑虔三绝’四个大字，当时名满长安，声价十倍。听说好些王公贵戚都在向他求画，他还不愿意呢。”

杜甫闻言，喜出望外，连话都顾不得多说，忙着要访郑虔，并约王倚同去。

王倚笑道：“我和郑先生虽见过两面，相交日浅，像他那样多才多艺，倒也乐与一谈。若在平日也还罢了，现正当他春风得意之时，座上必有贵客。小弟山野之人，实不愿去赶热闹。改日寒家略备薄酒野蔬，奉约子美兄小饮，再畅谈吧。今天恕不奉陪了。”随即起身辞去。

杜甫已有多日未见郑虔，先想把岑参赠银分送一些给他，因岑参就要起身，没顾得去。日前和岑参进城访友，便道往访，身边银子恰又带得不多，却累岑参多耗去了二十两川资。当着郑妻不便多说，只得听之。后来旗亭同饮，久候郑虔不至，岑参并还再三叮嘱，说：“郑虔虽穷，还可卖画。虽然性情古怪一些，决不会没有享名之时。这两年内子美却是难说，必须养机待时。”言下之意，非但不稍退赠银，并还不愿将银转送郑虔。杜甫正打算等岑参走后，再给郑虔送三十两银子去，听到这样好消息，恨不能当时就往城里赶。送走王倚，忙回屋内，准备起身。

杨氏问知前事，埋怨道：“王君和你相交颇厚，怎么连茶饭都不留，就把他送走了？”

杜甫笑道："我辈寒素之交，一向不拘形迹。我因不合时流，吃了许多的亏。郑虔近来脾气比我还要古怪。今天他好容易出人头地，莫又为了性情孤傲惹出事来。此时赶往城里还来得及。他只听我的劝，非去不可！"

杨氏笑道："你说人家脾气古怪，可曾想想你自己吗？"

杜甫急于进城，不顾多说，匆匆把杨氏新制的春衫换上，便往城里赶去。刚进贵人坊，相隔郑虔所居陋巷还有半里来路，便见两起高车骏马，各在一群随从人等前呼后拥之下迎面走过，快到巷口，又遇见十来个穿着整齐的商人一路交头接耳，往贵人坊那面走去，有的后面还跟着车马。这些虽然都是从来没有见过的景象，杜甫一心看望郑虔，并未在意，快要走到，忽见郑家门上贴着一张主人因病谢客的纸条，心里一惊，伸手就去拍门。

郑妻隔门答道："郑先生病在床上，斗室狭小，难……"话未说完，忽由门隙中窥见来客竟是杜甫，连忙开门放进，低声说道："杜兄来得正好，请快进去。"忙又把门关上。

杜甫刚想开口，忽听郑虔在室内发话道："又是这样，真烦死人了！"同时瞥见郑虔的爱女阿鸾穿着一身新衣，由堂屋内赶出，满面都是笑容，欲言忽止，走向身前行礼，低唤了声："杜伯父！"抿嘴一笑，轻悄悄随同郑妻往堂屋中走去。

郑虔又在画室里气道："你们不开门不是一样说话吗？快些把门锁上，谁来都不许开。这一打岔，我又乱了。"

杜甫先以为郑虔有病，或是出了什么变故，不愿见人。后见郑妻母女面有喜色，郑虔又是这等口气，心方不解，人已走进，目光到处，竟有目迷五色之感。这外间屋本来不大，总共只有一张矮木桌和一张裱画的案板，上面竟堆满了许多绢帛财物，好些堆放不下的还放在地上，等探头往里一看，郑虔背朝外，面对着一幅未完的画，右手拿着画笔，朝鬓发上乱捅，似在构思，又似在那里生气情景。当时明白过来，心神大定，低唤了声："郑兄！"

郑虔全神贯注在那画上，正在出神之际，想不到杜甫会来，闻声惊顾，愁眉顿展。忙把笔往案上一搁，拉紧杜甫双手，道："好些天不曾见面，杜兄光景怎么样了？我由前天起就要寻你去；偏把我逼得一步也走不开。别人的事还可推托，王命怎敢违抗？赶了两天一夜还未完工。心正发急，你来得太好了。请坐，请坐！"

杜甫见他内里衣服已换新，外面仍套着作画时穿的那件五颜六色、斑痕狼藉的破旧布衫，头也未梳，满口乌墨，脸上还挂着两条彩痕，说话又急又乱，神情甚怪，知其用心太过，又因自己一来高兴所致，好生感动，笑道："郑兄久困风尘，今日果享盛名，可喜，可贺！"

郑虔忙问："你是怎么知道的？"

杜甫便把王倚的话说了。

郑虔见杜甫还在立谈，才想起床上堆满了东西，忙赶过去一阵乱推。

杜甫这才看出以前在此寄宿夜话的破旧短榻也堆满了锦绣罗绮和各色各样的礼物，忙拦道："你不要忙，床边也可以坐。"

郑虔笑道："以前我穷得四壁萧然，家无立锥。如今锦绣罗列，反无容膝之地。你说有多可笑呢！"

杜甫笑道："你转眼便可迁往新居，不会再居陋巷斗室了，这样话还是少说为妙。知道的虽能明白原所受的世路辛酸，不知道的还当你有意虚娇，不近人情呢。"

郑虔笑道："这话也只是对你说说，怎会为外人道？你看人情冷暖、世态炎凉到了什么地步？共只三四天的光阴，朝中亲贵和一些富商豪族来买画的竟会络绎不断。那年跑遍长安，一张也没卖出去的旧画，会被他们强行买光。最可笑是，那几个以前只肯买我素绢的市侩，竟连我近年糊窗的两张破画都揭了去。预送润笔的更多，连接待都来不及。我奉诏要在日内赶两张画送进宫去，无奈这班有钱人此去彼来，絮聒不休。有的并还不由分说，放下润笔礼物就走，喊都喊不回来，想退还他都是难事。终日碌碌，其何以堪？"

杜甫接口道："名非幸致，能全晚节固极艰难，欲使常保令名，不受污染而不遭人忌恨也非容易。由吾人操守到处世接物都是疏忽不得。这些求画的虽然多是小人，你以诗文书画换他润笔，于心无愧。休说刚有名望便崖岸自高，不是好事，便像你近年那样滑稽玩世也非所宜。稍破此辈铿囊，使你衣食无忧，挥洒烟云，更添妙墨，多留几张好画传之后人也大为佳事。暂时当然画不出这许多，你不会按照来人先后约期交卷吗？”

郑虔气道：“我辈有时兴酣落笔，原由平日多所蕴积，乃能触景生情，因物比兴，发为诗画，付之笔墨。请问你所写的好诗，哪一首是专为应酬随便写出来的？画和诗文原是一理，休说大地山河、幽崖涧谷，与乎风云月露之奇，不是亲身经历，有所会心，写不出来；便是花鸟虫鱼之微，如果不经随时留意，仔细观察，明白它的成长变化，它的精神意态，也决不能活跃纸上。即便能够依样葫芦，也只貌似神非，了无生气，徒使识者齿冷，画他则甚？我每有新作，总觉今是昨非，以前所写多有谬处，常恨自己功力太浅。你怎么说出这样话来？要一张画一张原非难事，只是暂时敷衍交卷，非但贻笑大方，以后养成恶习，不肯用心，越画越糟，何以见人？实在不胜烦扰，我才称病谢客，这是得已的吗？”

杜甫觉着所说有理，慨然叹道：“说起来也实难怪。不过，你以前未受当今知遇，往来的人不多，还不妨事。今后难免不与朝中贵人来往，应付他们还是谨慎些好。我是吃过苦头的了。”

郑虔笑道："其实你性情和我差不多，勉强忍耐也只一时，一个不巧，仍要发泄出来。这些话你我都会想会说，但都到时不由自己。不要再提了。你这多日来到底怎么过的？"

杜甫便将岑参赠银经过说了。

郑虔高兴道："岑兄那日同你来访，还赠了我二十两，不料送你这许多，如此热肠，真叫那些自命爱才的守财奴愧死！等我画完进御，就可和你朝夕盘桓了。"

杜甫知他奉诏甚急，恐误限期，正想托词起身，耳听郑妻出去开门，引进两个邻人，端来桌椅用具，酒食也早准备停当，知难脱身，只得同了郑虔入座。

郑虔一面劝酒，笑道："子美还是子美，郑虔还是郑虔。今天我们还是只谈诗文书画和李白、岑参，连严武都可不必，别的更是不提为妙。难得快聚，不要为这些俗人俗事扰我们的清兴吧。"

杜甫含笑点头，跟着又把孙鹰夫妇任侠尚义和岑参遇合经过从头说了。

郑虔抚掌称快，连说："我们想要交的正是这类人物。"忽又问道，"昨日遇见韦左丞还问起过你。听口气，好像你久已不去寻他了。此公在朝，虽然无甚建白，对你却颇看重。你今后出处还是离不了这班人，最好不要和他太疏远了呢。"

杜甫想起彼此都是愤世嫉俗，为时诟病，才致落拓长安，久不得意。有时谈起近况，互相劝告，不要那样迥异庸俗，自取困辱，也都觉得对方有理，应该世故一些。偏是积习难改，心中郁愤只有日益加深。今日本是专心诚意赶来劝他，不料他也同样要劝自己。心中好笑，乘机答道："今日本定往践韦左丞的约会，只为听到郑兄喜信，特地赶来。你向来不肯独饮，如和朋友相对却是每饮必醉。日色早已偏西，今天又不能去了。"

郑虔因杜甫一来高兴非常，意欲畅饮之后留他下榻，闻言，不知杜甫以进为退，脱口便道："杜兄虽然多才，朝中并无一人肯为援引。难得此公奉调回京，又肯代你揄扬。已有前约，怎好不去？"

郑妻人颇聪明，正和阿鸾收拾床榻，早看出杜甫心意，在门内接口道："杜兄由韦家回来，再和你做长夜之谈也是一样。你少饮两杯，把这头一幅画先赶出来，送进宫去吧。你只会闭门作画，可知苍头还未找到以前，我母女二人应门不胜其烦吗？"

郑虔也觉诏期甚急，唯恐误事，笑道："小弟本意留你畅饮，并做长谈，略洗近两日所染尘浊之气。不料君命难违，你也非去应酬一下不可。你我二人平日互相劝告，到底未能免俗。你说有多可笑呢！"杜甫知他性情，乘机又道："等你画成进御，再将一些画债略微清理，定出日常清课，来日方长，尽可盘桓，无须急此一时之聚。你索性安心写画，十天之后我再来拜读你的佳作。吃饭还不到时候，请干这一大杯，我告辞了。”

郑虔因天已申酉之交，恐杜甫耽误韦家约会，笑道：“前日圣意本要给我一个官做，那老儿说我疏懒狂傲，难于理事，给我补了一个广文馆博士。幸而仍是冷职闲曹，已使我俗尘猬集，门庭若市。再要做个黄豆大的官儿，恐怕我们见面都难了。今天由你的便。这两张画至多还有三天就可画完。等到进呈之后，便往寻你，借此躲上两天也是好的。”

杜甫面容立变道：“又是李林甫那个老儿阻塞贤路吗？”

郑虔笑道：“你又来了不是？远古虽不可稽，近自秦汉以来，朝廷禄位早为此辈窃居，他们治乱兴衰迭为消长，却累我辈中人穷愁抑郁以终者不知多少！你干生气，其奈他何？不过，冰山易倒，终有尽时。你不像我那样懒散，也许还有出头之日。千秋后世自有公论，暂时由他去吧。”

杜甫和郑虔对饮了一大杯，便起告辞。

郑虔早准备送给杜甫一些财物，知他此时还不短用，又正要往韦家去，不便携带，决计改日亲自送往他家，以免推谢，便没有提。

杜甫离开郑家，见天色还早，索性去往韦家道谢。至门一问，才知韦济又往轩辕庙听术士孙甑生讲经说法。好些权贵也在那里，要到三日之后才回，只得走了回去。

第二日起，杜甫听了爱妻杨氏的劝，托人在杜曲买了十亩田、一头耕牛和一所小房，所居纸窗竹屋，环以疏篱。庭前药草肥茂，杂花缤纷。又有小溪临门，南山在望。烟雨晴岚朝夕百变，景尤清丽。生活起居既胜于前，夫妻情爱又厚，日常对月赏花，迎风观竹，颇多乐事。

杨氏因丈夫还要进取功名，长安物价日昂，不能不做长久打算。虽用了一名老长工，不时仍和杜甫同往田里相助操作，料理农事。又把屋后隙地辟做菜畦，桑麻之外，并养鸡豚。

郑虔不久迁居朱雀街西第二街第七坊，地名安丰坊。房舍自然比前较宽，又添了一些用具，画室还是那么乱糟糟的。以前收过润笔不能不画的，也非一两年内所能画完，成了欲罢不能之势。打算再像先前那样杜曲寻幽，樊川选胜，与杜甫啸歌终日，清谈永夜，自难如愿。先后虽往杜陵访看几次，只有一次和杜甫往游韦曲何将军山林。因主人好客，殷勤留宴，加上天气太热，实在无心写画，才和杜甫同在园中下榻，住了十几天。余者都是聚上一半日便须别去。杜甫恐郑虔任性纵饮，因而误事，极少加以强留。偶往城中访看，也必设词推托，不肯留住，以免妨他绘画。所受岑参赠银虽因迁居用完，田里却有了出产，柴米蔬菜渐可自给。加上郑虔不时分润，耕读生涯居然不恶。比起初来长安，常与富贵中人酒食征逐的那一段岁月，反而舒畅得多。因为夫妻二人日与田夫野老相接，由不得就有了感情。再常看到好些亲手种植的菜蔬花果按时成长，也实高兴。习惯自然，乐在田间，竟把进取功名之念淡了好多。自来环境移人，近于此者必远于彼。杜甫晨旭耕稼，夜月吟诗，遇到春秋暇时，约上左近两个老农同往采药，涉彼南山，已成了他的爱好。休说不愿奔走豪门，连李琎、韦济、郑潜曜等以前交往较多的人也渐渐疏远起来。

杜甫出身士族，以前同情苦人，只是看到民生疾苦，心生怜悯。除想进身庙堂，做那致君尧舜、泽及黎庶外，并没有把这些田夫野老和自己同样看待，也没想到他们遇到灾荒固是流离道路，以致死亡，便是雨旸时若、五谷丰登，在当时也是终岁勤劳，未必每人都能温饱。平日雨淋日晒，所受劳苦和他们长年耕作的恒心毅力，更非身经其境的人不能想象。刚定居时，虽因功名失意，志在田野，实由多受困辱，愤而出此。杨氏馌彼南亩，还能强任其劳，按时无缺，他那春耕夏耘、躬耕陇亩的打算还不过是句空话。田里的事开头并插不下手去，所用长工项明，面黑背驼，形容老丑，由襄樊一带逃荒来此。先在邻家做短工，看去本似衰弱。杨氏因想用一个老年诚实的人，加上怜贫之念，把他雇用了来。没想到项明全仗外表老驼，才未被征兵的官差抓去，实则年纪刚过四十，体力甚健，种田更是好手。杜甫夫妻过了几年穷苦日子，本就惜老怜贫，再见项明那么诚朴耐劳，越把他当作自家人看待。项明小时与人牧牛，稍长与人佣工，受尽劳苦饥寒。没想到家破人亡、死里逃生之余，会遇到了好人，心既感激，更肯卖力。但因以前常受主人鞭打凌辱，养成了一种倔强脾气，老觉杜甫是个读书人，田里的事一窍不通，每天偏要赶来问长问短，动手动脚，先还不好意思当面拒绝，屡托杨氏转告，说："这十亩田我一人包种。像主人那样只好读书做官，这些事他决搞不来。那几亩稻田刚插秧时，请他不要动手，偏不肯听。那时天还不算很热，他只在太阳下忙了一天半，已连背上的皮都几乎烤焦，还直喊腰疼。所插的秧不是歪倒水里，就是闷死。我好容易重新整治，才救活了一多半。下去天气更热，主母送饭无妨，田里的事不是主人搞得成的。请主母劝他多读书，少下地，莫叫小人为难吧。"

杨氏见丈夫常时闹得泥手泥脚，满头大汗，自找苦吃，什么也搞不成，自己虽然立志耕织，也有许多事不会，觉着这不过是一个退身之计，以丈夫之才，仍是求取功名要紧，几次婉劝杜甫，田里的事虽应知道，不必亲自下手，并把项明的话说了。

杜甫自来意志坚强，少年时又常骑马试剑，颇有力气，能耐劳苦，认定雨淋日晒只是暂时有些难耐，日久自会习为故常，闻言付之一笑，只一无事照样往田里去。

项明见他不肯听劝，唯恐自己种的庄稼受到毁损，渐渐出言顶撞，公然拦阻。

杜甫被他一激，更非亲自下手学会不可。因知项明话虽粗鲁，人却忠诚朴实，不愿使其难过。先在一旁留神观看，等看会了几成，再和他好说：“读书贵于明理，但不是徒托空言便可明白。做文章和种庄稼一样，都不是生下来就会的。我即使不能长为农夫，也应通晓田稼之事。如其不知稼穑艰难，连写一首田家即景诗，也会让你们听了笑掉大牙，还谈什么致君泽民？我当然不会耕种，常和你在一起也就会了。多少给你分点劳总是好的。你老不要我动手，万一有个风寒暑热，不是彼此都不便吗？”

项明本恐杜甫劳苦，污了衣服，还要碍手碍脚，见他这样坚持，话又温和诚恳，不由得脸上一热，笑道：“主人最好先做点零碎事吧。田里的事情多，这时全要下手，是累不了的，日子一久就不觉得了。”

杜甫强他不过，只得依了。过了几天，天气更热，见项明终日勤于农作，常是热汗交流，点点下滴，周身黑里透亮，仿佛快被太阳晒出油来。实在于心不忍，劝他不要在阳光盛时下田。

项明力言：“农忙时哪天不热，难道种得好好的庄稼由它荒废？我们搞惯的人不算什么。”

杜甫劝他不听，便把上衣鞋袜脱去，定要和他一起。项明见他只在柳荫底下帮助车水，做点杂事，业已脸晒通红，汗流浃背，再要随同下田，势非受热晕倒不可。勉强争执了些日，见庄稼渐要长成，当年长安天气也实太热，方允中午阳光盛时在柳荫底下歇息，或是睡个午觉，但要杜甫答应暂时不要下田去做重活。杜甫越看越觉这个面容老丑的长工善良可喜，又知自己如果中午回家，项明仍要偷偷下田。本来就愿和他谈说田里的事，索性连午睡都废去，借口柳荫凉爽，带上条席子，去和项明做伴谈天，使其歇息。除非真个有事，不到日色偏西不肯回转。

项明外表老实，心却聪明，对于料量晴雨，依时耕锄，凭着多年经历，原有好些心得。杜甫又是遇事留心，对人和气，双方感情越来越厚。

日子一久，杜甫才知田里的事竟有许多书本上不曾载过的学问。当年秋收之后改种小麦，亲自下手，居然顺理成章，有条不紊。第二年四月麦黄时节，竟仿佛成了一个熟手。由此起，这为时不过年余的田间生活使杜甫越来越与这些穷困劳苦的老百姓接近，也为后来流落西川，往来东屯、瀼西，以农耕自给的一个时期，无意中做了准备。

第六回

不见咸阳桥，惨雾弥天，哀鸿载道
同乘飒露马，长河落日，故友班荆

杜甫和项明一起耕作，又常与左近老农相交，稼穑艰难知道日多，田间的事也更感到兴趣。第二年开春，越发勤于农事，先把隔年种的麦田耙好，让嫩苗由土里青葱也似长将出来。又听了项明尺寸土地均可利用的话，在垄背上加种高粱和苞谷。当年天时调和，庄稼长得十分茂盛。四月中旬以后，杜甫见所种六亩麦田已是一片金黄，浪涛一般随风起伏，过不几天便可收割。所养鸡豚也都肥壮，心中已是高兴。麦熟时，左近两家老农又赶来相助，许多方便。刚把麦子晒干收起，一场雨过，另四亩稻田里的秧针碧绿映水，垄背上的高粱、苞谷也很快成长起来。杨氏在屋后所种菜蔬既颇鲜嫩，新生竹笋味更清腴。觉着这样日子过得非常舒服，几乎连进取功名之念都忘却了。

项明见他谈起田家之乐，时常眉飞色舞，忍不住苦笑道："主人莫太喜欢。几亩麦田原是瓜地，先前种瓜那一家大人都被官差抓去当兵，只剩下一个老妇人带着两个小孙子，见所种的瓜又肥又大，正想求人采下卖钱，赶上两天两夜的大雨，瓜全烂掉，迫于无奈，把田出卖，投往外县，依靠女儿去了。头年我们犁田翻土，虽然多费点事，地里头却长了力气。加上今年的风雨冷热都刚合适，才有这样难得遇到的丰收。谁能保住常有这样天时呢？你是读书人，城里的大官又来看望过两次，里正官差都以为你是故意隐居在南山、二曲等地，专候朝廷召用的官，不知底细，没有敢来骚扰。否则，他们见有这么好的收成，早来无事生非，闹得我们鸡犬不宁了。你看，去年左近一带乡村中种田的还有不少是中年人，今年这好天时，开春以后，除了豪家用的佃工不算，有几个种田人是在五十岁以下？官家天天抓人去当兵，闹得有田无人耕，有地无人种，下去这日子才难过呢！还是听我的劝，这时候只有做官才得活路。只顾恋在田里，连城都懒得进，实在不是长法。"

杜甫初来长安时，虽见朝廷征役频繁，聚敛极于锱铢，民间到处都是怨叹之声，因近畿地方还是桑麻片片，禾麦相接，樊川、杜曲一带大家园林的楼台掩映，花树成行，又易迷人眼目。除偶和知心朋友谈起近十年来边衅大开，民不堪命，愤慨上一阵，也就忽略过去。近见百姓自耕的田园多半荒芜，劳于田间的多是一些妇孺。京郊如此，外郡可知。渐渐觉着民间疾苦日深，心中愁虑。因这一年来十九光阴是在力田，除和郑虔、王倚二三好友偶有来往外，连韦济、郑潜曜各自亲来看了一次，均未回拜，更未远离京郊，好些天灾人祸还不尽知。闻言，猛然回忆起开元全盛时的繁荣和此时荒凉衰落的景象，不禁大吃一惊，暗忖："国有内忧，必有外患，何况内忧是由频年对外用兵而来！照此下去，东晋季年异族入侵、四方割据、南北分峙、使大好河山瓜分豆剖的惨祸又难免再见于今日。"愁肠触动，百忧皆集。

杨氏见丈夫日常长吁短叹，愁眉不展，再三劝他出外散散心，或是到城里去看望朋友。

杜甫也觉光坐在家里忧国忧民无济于事，进城访友，就便探询世局朝政，虽仍无济于事，到底多知民间疾苦和国家治乱之机，可为未来做一打算。略一寻思，依言起身。因其无求于人，人也乐于接待，久未相见，反倒不似以前那样冷淡。杜甫先后在郑虔家中下榻好几次，连访看了好些相识人家，都只问出边将哥舒翰、安禄山之流常建边功，斩获甚多，时传捷报。朝廷每次犒赏，动辄以千万计。至于如何安辑流亡、抚绥老弱的善政一句也问不出来。许多豪门贵族的奢侈盛风、争奇竞富却是更甚于前。城里头终年大兴土木，甲第连云，酣歌恒舞常是通宵达旦，夜以继日，富贵人家盘餐之费动倾中人十家之产。这和乡村中的苦难荒凉景象成了天上地下之分。像杨氏兄妹五家和奸相李林甫等朝贵那样骇人听闻的荒淫豪奢情景还未身经，仅应两个贵公子之约，到城外丈八沟去纳凉，坐了一次游船，又和晋国公主的驸马崔惠童在南山附近游宴了半日，便觉着这些人休说服食器用之华不是寻常百姓所能想见，便是出游时的兰舟翠幔、锦缆牙樯和采舆车骑宾从之盛，也使路人目指，极尽招摇，使得他的心情一天比一天地沉重起来。

当年天气更热，麦收前一场好雨之后，仅在丈八沟纳凉时遇到过一次转眼停歇的暴雨，此外，由四月底起老是烈日当空，连一滴雨也没下过。附近溪河中的水干得快要见底。大热天，突然又来上一次冰雹和两次大风，平日辛苦耕耘的庄稼自更没有指望。杜甫到底是读书人，尽管旱灾已成，仗着暂时衣食无忧，也就听其自然，却因天灾人祸、国事日非激动了功名之念，又拿一些诗文去投赠当道，再做进身献策打算。后见所往来的这些权贵人家只能以违心之论博取酒食，进取功名仍无机会，也听不到什么有关国计民生的消息，日子一久又厌烦起来。这日意欲走往渭北一带村落中察看一回，先在延秋门寻一相识人家，借住了一宿，次日清早，步行起身。

长安八月初的天气热还未退，田中禾稻早就旱死，泥土干成了极细的粉末，稍微有点风过便满地飞扬，旋转不休。风再略大，那一蓬接一蓬的黄沙更不时蔽空而下，扑面沾衣，呛鼻迷眼，使人难耐。道旁林木无荫，叶尽黄落，只剩一簇簇的干枝，乱箭也似，刺空横斜，在风沙中摇撼不休，瑟瑟有声。

咸阳桥在长安的西北面，横跨渭河两岸，为当时通往西域的大道，被征戍边的百姓经常不断都要由此经过。杜甫见沿途草木枯黄，浮沙更多，走不多远，鞋袜里便装了不少沙土，身上衣冠也渐染成黄色。相隔都城这样近的所在竟是满目荒凉，使人感到风尘之苦，想起那年因送孙宰出为县尉，曾来渭北，偶见暮云春树，怀念远隔江东的李白情景，依稀如在目前。彼时，农村虽已凋敝，墟里炊烟犹映斜日，道旁高柳尚趁晚风。今天却是惊沙晨起，田野皆空，满目山河唯有萧飒。自来年荒易招世乱，何况朝廷崇尚奢侈成为风气。边将贪功冒赏，残害生民，以致府库空虚，物价日昂。元气已亏，难于挽救。眼看千万黎庶多受流离死亡之惨，使这一座雄伟壮丽的皇都也必难以永保。越想越难受，一路寻思，不觉把渭水上的长桥走过。正想顺着荒野小路到左近山脚村落中寻几个老年人访问一下，忽听来路号哭喧哗，杂以车马奔腾之声震撼田野。大惊回顾，来路桥那面忽然涌来了大队人马车辆，走得并不算快，因为人多杂乱，互相抢挤践踏，被卷起来的尘雾迷漫遥空，竟将那横亘渭水上的长桥遮蔽了一大半。前行车骑之外，随着大队腰挂弓箭的新兵。黄尘十丈中还隐现着不少老弱妇孺，一个个争先恐后，顺桥两旁舞扎着双手抢向前去，分朝那些腰挂弓箭的新兵乱扑。押送新兵的军校便朝这些老弱妇孺厉声喝骂，挥鞭乱打。有两个拼死命追上前的，刚和所追的人抱紧一起，吃众军校抢将过去，一路乱厮乱打，活生生硬拆开来，丢下被打倒的老弱，威逼着那被抱持的人上路。内一贫妇竟被兵差连打带推，往后一仰，掉下河去。大片惨号悲哭之声由尘雾鞭影中传来，分外显得惨痛。杜甫虽然义愤填胸，但知此是官府征往边关的新兵，押送军校凶恶胜于狼虎，稍微拦路，定遭鞭扑，不可理喻，此时上前，平白受辱。因想救那落水贫妇，便顺侧面小径往桥前绕去。刚刚赶近桥头，见两面河滩都已干裂，仅当中河心还有一条宽不过丈的浊流，方才翻倒河中的贫妇已无踪影。正张望中，耳听车声辚辚，马声萧萧，一伙凶神也似的军校押着上千个蓬头垢面、涕泪纵横的新兵已由桥上驰过，往前面驿路上赶去。大队人马卷起来的尘埃簇拥起大片黄云朝前翻滚。整座咸阳桥也在尘雾笼罩之下，兀自还未停息，桥上众声哭喊也更惨厉，人影却望不见。一时情不自禁，冒着烟尘往桥上赶。行约半里，桥上烟尘渐息，这才看出被军校打伤推倒的老弱妇孺一路都是，有的已快晕死。左侧地上一个新兵和一妇人拼命搂在一起；一个十二三岁的女孩紧抱着女的一条腿不放，喘吁吁声都哭哑。这夫妻女三人身上的衣服均已撕裂，背上各现出一条条的鞭痕。女的披头散发，脸上还流着血，因在尘埃中一阵乱滚乱挣，呼号宛转，血泪模糊，业已不似人形。另一八九岁的幼童急得满眼角布满了红丝，眼珠也似快要凸出，披着满头黄沙，不住口地乱喷乱吐，偏喷不出半点口水，只在一旁跳脚干号，看去可怜已极。同时发现旁边一个军校正朝这老少四人发威，把手中长鞭乱挥乱打，响起一片噼噼啪啪的鞭声，刺耳惊人。实在看不下去，怒火一壮，便拼受屈辱，打算上前劝解。

军校手指地上三人低喝道："你当我真个没有一点人心吗？身边没有银钱，快给我回家拿去。连二两银子都不肯出，休说我无法交差，连我就此逃往他乡也办不到。难道为了救你，叫我乞讨回家不成？"

那被妻子搂紧、滚到地上的新兵年已五十来岁，闻言嘶声哭诉道："小人由十五岁起就被里正强征戍边，一去十七八年，才蒙主将恩怜，放回故乡。刚在家中过了两年穷苦日子，二次又应征役，去往安西一带屯田。去年四十七岁，幸被放回，好容易在破窑内寻到我的妻儿，不满一年的光阴，又被官差提往军中。小人应过多年征役，军爷们的苦楚全都知道，只是我一家老小连糠秕都吃不成，哪有银钱奉上？小人并不惜命，无奈这个守我多年的婆娘和两个娃实在叫我不能狠着心肠将他们丢下。求军爷千万开恩，饶了我全家这四条命吧！"

军校怒道："世乱年荒的日子，哪一个没有难处？方才我鞭打你们，是做给他们看的。有心成全你夫妇，你们反倒和我撒刁？再要不听好话，我就将你夫妻俩活活打死！”口里说话，手中长鞭挥动越急。

杜甫见那军校只顾喝骂发威，手中鞭迎风乱响，一下也未再打向这两人的身上，知其只是图钱，想起身边还带着几两散碎银子，凑往军校身前，准备开口。

抱紧丈夫的中年妇人哭喊道：“我们昨晚起就饿着肚子，哪有银钱送你？军爷饶命呀！”军校低喝：“你们要不是穷人，也不会被人抓去当兵。这一点难道我都不晓得？不过我今天实在没法交差，哪怕一两半两，你就求亲告友也得给我拿来。再若迟延，就我想要放你也来不及了。”

杜甫看出军校似知这地上一双男女无可压榨，非但要价减价，连手中鞭也有气无力地搭向地上，面上却还带着焦急之容。日前就听传说近年征役太多，连老弱也常被强抓了去，官差军校多有卖放，果然实有其事。忙掏出两许散碎银子，乘机接口道：“这一家四口实在可怜！像他那样年纪也没有再去从征的精力了。请你放他回去吧！我身边这点散碎银子都送给你如何？”

军校见银子是逼不出，女的又抱紧男的，任凭鞭打威逼死不放手，本已打算舍之而去，忽听有人答话，并还代出银子，不知杜甫昨早先往城中访友，田间装束已全换过，误认为是个有来历的人，倘来之财，原出意外，哪里还敢争多论少，连忙接过，匆匆赔了两句话便慌不迭往桥下急赶。旁立幼童便张着小手，朝倒地的爹娘扑抱过去。

地上老少三人把手松开，拉着幼童，同向杜甫跪拜不已，急切间竟说不出一句话来。杜甫再三劝慰，才同起立。这一耽搁，沿途被推和打倒的一些老弱妇孺已相继挣起，晕倒的也被人唤醒转来，有的满脸尘污泪痕，垂头丧气，不住呜咽着往回路走。有的望见亲人业已走远，无可挽回，悲愤过度，神志失常，便咬牙切齿指着那一队人马的去路，跳脚咒骂，状类疯狂。一会儿工夫也都被人劝回。一时悲声四起，盈于道路。刚站起来的老少四人，倒有两个受伤较重，又是饥疲交加，步履艰难。杜甫还要帮助扶持，才得挣扎前行，这一来便落在了后面。

杜甫本想探询他们身受经过，因见这夫妻二人都是气弱力乏，走路都喘。两小姊弟也早哭哑，一句话都答不出。不忍问话，只得扶着那个女孩，拉着那个男孩同往回走。正想过桥找个人家借地歇息，买些汤水食物，让这老少四人进点饮食，再打送他们回转的主意；快要把桥过完，忽然又听哭喊咒骂之声，同时瞥见一个周身泥水淋漓、通体皆黄的贫妇由桥旁河滩怒吼着抢爬上岸。刚想起方才被军校推倒坠河的贫妇，人已对面赶到，遥望北岸尘头已远，开口便问："你老汉倒被抢回，我那苦命的丈夫今生是再也见不到的了！"说时泪已夺眶而出，悲哭不止。两老夫妻再三苦劝，贫妇才住了哭骂，哽咽着帮助扶了受伤的人一同上路。

贫妇刘四娘的丈夫刘壮年纪已过四十，早被征兵的官差抓走。杜甫所救的人名叫曹桑，年近五十，须发皆白，去年刚由安西免役归田，又被官差抓去戍边。曹妻周氏带着两个小儿女实在无法度命，隔夜里守在桥上，等丈夫过时一把抱紧，任凭押送军校鞭打，死也不放，虽然受伤颇重，丈夫却被夺回。这次新抓来的兵多半老弱，除却能够变卖田业衣物、贿赂押送军校暗中卖放的，余者一任后面追来送别的父母妻儿如何哭喊，理都无一人理。这两家人都住在南山脚下土窑之内。当地原是一座山村，近年人们相继逃亡，业已十室九空。本来有田的，因为无人耕种，田里已长满了荆棘。剩下一些无田可耕的老弱妇孺，因官差追逼租赋，极尽贪残，甚于豺虎，虽有这许多荒废的田，却不敢种。耕牛农具又都缺乏，只得去往山中采掘草根野蕨，苟延残喘。当地里正时常还要生事逼索。曹桑再想回到那阴暗污秽的窑洞，自难免于后患。刘四娘还有一个十三岁的儿子，日前逃往山里，将来也恐要被官差抓去。衣食又都那么艰难，对于未来岁月甚是愁急。

杜甫由刘四娘口中问了一个大概，心中好生酸苦。知道刘四娘坠到河中浅水里面，还灌了两口浑汤。下余老少四人均在烈日风沙之下挣扎呼号，声哑口渴，难于问答。一面止住他们，不令开口，将身边几两散碎银子全数取出，各按人数多少分赠。因这两家六口还要另外觅地居住，不便陪送，便告以今后无法度日，可往杜陵相访等语，又送出三里来路。眼看这老少五人互相提携扶持，穿越荒野，赶往南山，业已走远，心方慨叹，准备回去，抬头一看，日光忽隐。就这伫立凝望之间，天上业已布满了阴云。一阵紧一阵的狂风走石飞沙，吹得满空昏黄，暗影沉没，人也立足不定。风势刚过，豆一般大的雨点乱箭一般又从当空斜而下，打得地上灰尘四起，土气熏人。先前奔走田野中的五个苦难百姓已不见影子。慌乱中瞥见道旁有一土崖，崖下还有凹处，地也较高，便赶往崖下避雨。风狂雨大，转眼之间尘土全息，泥浆飞溅中又激起大片水烟。四野溟蒙，极目茫茫，横亘渭水上的长桥均为风雨所掩。雨水泥汤好似无数黄蛇，时分时合，满地乱窜。崖侧一块洼地早被雨水积满，雨点打在水面上，涌起无数大小沤泡，此裂彼起，沸水也似。时刻刚刚过午，天却低得快要压到头上，一眼望出去，面前已成了一片雾海。水气逼人，手脚冰凉，共只半日之间，竟似换了一个季节。幸而立在避风一面，否则更是难当。暗忖："这样大雨，休说离家好几十里不能回去，连想进城都办不到。"离镇也还有里许，左近并无人家店铺，肚子饿了起来。一时情急，暗忖："方才几个穷苦百姓身还带伤，路更难行，那是怎么走的？昨今两年下田遇雨不是没有经过，只是戴笠披蓑，离家又近罢了。我连风雨都怕，以后怎能再受别的艰难辛苦？”当时勇气一壮，立把身上长衣、头巾连鞋袜一齐脱去，打算赤脚赶往前面镇上，寻一店铺买点吃的，就便避雨，想法借到雨具，暂且进城投宿，再做回家打算，看看有这场雨地里是否能种一点东西。刚把裤腿卷起，往崖前浅坡下冲去，猛觉那雨和大股瀑布一样，当头泼下，冷气逼人。前半黄泥浅坡吃雨水一冲，地面沙砾扎脚生疼。心慌急退，脚底一滑，顺坡溜下，恰落在崖前水塘里面。人虽不曾跌伤，腿脚已经插向水泥之内。扑通一声，泥浆激射中，溅得满身满脸都是。风雨猛恶，更是侵肌透骨，气透不转，慌不迭顶着倾盆大雨挣起身来，赶回原处，已是通体淋漓，狼狈不堪。先前防备打湿卷成小包的衣冠，外面两层业已湿透，染上污泥。腿上还划破了两处。又想起身边碎银业已散光，就到镇上也买不来吃的，除等雨住忍饥进城，别无良策。正在又好气又好笑，眼前倏地一亮，前面阴云中突现电光，金蛇一般才闪得两闪，便有一个震天价的大霹雳自天直下，大团雷火打在远方田野里，流空爆散，看去甚是惊人，那天河倒倾一般的暴雨竟似被这一震之威击破。由此起电光闪闪，雷声隆隆，响个不停。渐渐越响越远，雨也渐渐停了下来。官道两旁沟渠水已涨满，滚滚浊流夺路而驰，稍微低洼之处都成了泽国。雨还稀疏疏地下着，天空中的湿云却疾如奔马，载沉载浮，往西南方涌去。先是一片金黄色的阳光由云隙中斜射而下，不多一会儿阴云尽散，细雨全收，日色已早偏西。雨后日华照得九嵕一带群山曳紫拖蓝，岚光如沐。有的山间还附着三两处似起不起的云堆，团团银絮掩映于苍崖赤壁之间，分外鲜明，蔚为无边丽景，好看已极。因是腹饥难耐，天时又晚，再不赶进城去更是进退两难。为防路上沙砾刺脚，索性穿上衣履，带着满身泥污，绕过水塘，走上官道，往城里赶。自来暴雨原少润土，来势越猛，退得越快。加以天旱日久，两旁易盈的沟渠水虽还未流尽，官道上的灰尘已被大雨冲掉。只管刷出一条接一条的大小浅沟，高低不平，干处却多。沙明路净，反比来时尘沙扑面，一踩一脚土好走了些。回望长桥卧波，渭河水涨，河心一弯浊流也快漫过河滩。落山的斜阳倒映其中，水是黄的，却有一片接一片的白云三三两两在河里飘过。咸阳桥上也渐有了行人车马。心想："城南一带的园林宫苑和通往骊山的御路何等华美整齐！这条通往边关的大道却任其荒凉残破，不加修治，使从征将士离边关尚远，先感行役之苦，岂不更易消沉士气？这场雨虽然是好，看路面这样干法，两岸河滩并未漫完，分明雨还不透。今年这样天旱，就是寻常也难免于春荒。此时民间疾苦越深，又当小麦等雨下种之际，麦子一种不成，这些老百姓明年更无活路了。"正在越想越烦，忽听蹄声嘚嘚，由后传来。

回顾身后来了两骑，马均紫色，甚是轻快。马后还跟着两辆官车。见这一段路沟洼甚多，并有积水，便闪向路旁暂避，想等车马过后再走。那两骑马已一前一后相继走近，觉着前面马上一个老者十分眼熟，定睛一看，惊喜交集，脱口高呼：“达夫！”

来人正是高适，先任封丘尉，因朝廷征役频繁，租税日重，做县尉的奉有朝廷之命，不得不骚扰民间，实在问心不安，只得辞官不做，往游河右（黄河以西之地，今甘肃省张掖、酒泉一带）。河西节度使哥舒翰一见投契，专本保奏他为左骁卫兵曹，兼掌书记。朝命已下，新由武威赶往长安吏部禀谒，不料老友重逢，好生喜慰，连忙下马，拉着杜甫的手，笑道：“子美兄别来无恙，怎会通身水泥？方才遇雨了吗？”

杜甫告以前事。高适不等说完，便命从人回马，将行李车上的衣冠鞋袜取出一套，急速送来。

从人领命，忙朝后面来车迎去。

杜甫略叙别况，便问高适由何处来，近年光景如何，可曾见过李白？

高适把别后踪迹和辞官从军经过说了一个大概。

杜甫抚掌笑道：“三十五兄高明之士，一向沉沦，今日居然脱身簿尉，不再捶打那些无辜百姓了，看你跨鞍驰马，还是你我当年和太白同游时那样轻健，真乃快事。立志不在年高，前途大可有为。现当国家多事之秋，正要你这样人劳于王事。此行何止小弟一人为兄致贺呢？”

高、杜二人正说笑间，从人已将衣冠鞋袜取出，车也赶到。杜甫因下半衣裤已全湿透，途中不便更换，想到城内再说。

高适笑道：“你看，来去路上的行人相隔均远，车中脱换有何妨碍？”

杜甫见老友情长，只得依了。

高适等杜甫把周身衣服换下，交与从人拿去，又对杜甫道：“这两骑马正是当年太宗皇帝平定东都所乘的那一种‘飒露紫’，新由西域得来，倒也神骏。本想请你同骑，再续当年纵辔之乐，一则此时杜兄腹饥，我又急于和你一叙别况。车中带有干粮鹿脯，还有上好白酒，难得相见，不久我便回转河西，聚日无多，你我同坐车中，小饮畅谈，岂不比当年把酒谈诗，又是一种滋味吗？”

杜甫换了干衣服，身虽不冷，经时一久，腹饥更甚，含笑应诺。高适也坐进车中，命人将干粮鹿脯连酒取出，与杜甫边吃边谈。因要和杜甫畅叙，命从人押送行李，进城安顿，只带二人一骑，坐车亲送杜甫回家，并在杜家下榻，便由长安城西北角的便门绕过，往杜陵赶去。车马虽快，到时天已黑透。

杨氏见丈夫和好友同来，忙和项明安顿车马从人，一面杀鸡煮酒，款待来客。高、杜二人谈到半夜方始安寝。

次日，天还未明，高适便独骑紫马赶往城里禀谒，并请杜甫乘车后去，先往旗亭相待，再同一起欢聚些日。

杜甫自来朋友情热，送走高适不多一会儿，便乘来车进城赴约。由此和高适在城内盘桓了十多天。分手时，并还送过渭水，方始互道珍重，依依而别。高适还将所骑爱马“飒露紫”送了一匹与杜甫。

第七回

积雪行舟，阴岭光寒林似玉
僵尸委路，朱门肉臭酒如渑

杜甫送走高适，想起那日一场暴雨，渭河两岸滩地虽未漫完，水却涨了不少，不知近日如何？先和高适同坐车中叙别，不曾留意。归途缓辔细看，村落田野里还是那么荒凉。地上早已干透，虽然不似那日无风自起，人在路上稍微走动便是一身尘土，秋风过处照样卷起一阵阵的旋沙，惊飞不定。沿途沟渠不是浅水无多，便是泥干见底，仿佛那天一场雨并未下过，两岸河滩又往河心挤拢，只多了新被急流冲刷出的条条浅沟，紧束着挟有泥沙的浊流，和绳索一样，不住纽结滚转而下。整个河面差不多又干涸得回复了原状。心想："今年干旱太甚，粮食菜蔬虽种不成，庭前隙地向阳通风，搭上草棚，多种一点药草，长成出卖，也可勉度春荒。自来物极必反，交冬定下大雪。明春再和项明一同耕作，入夏收成还是有望。只是这许多苦难的百姓休说开春，便是今冬也必极难度日。众人都不免于饥寒，我也断无长享温饱之理。那被强抓了去应征役的丁壮，内有好些年近衰老的苦人，更不知是何光景？”刚打着如意算盘，忽然想到百姓所受的灾害，不由得又焦急起来。一路信马前行，不觉离家已近。忽见杨氏母子二人正在门前手指来路说话，爱子宗文首先张着一双小手连蹦带跳欢呼迎来，忙即下骑，将马带定。

宗文连声急呼：“爸！我要骑马，我要骑马！”

杜甫随手抱他横坐马上，用手扶住，拉了马缰向前徐行，笑问：“项明呢？”

宗文接口道：“他不回来了，爸进城去好几天不回家，娘正着急呢。”跟着又喊，“娘，爸回来了！”

杨氏忙把宗文抱下，问知马乃高适所赠，刚由渭北送别回转，便请杜甫入内歇息，并朝宗文低语了几句，匆匆牵马绕往屋后，给马上了草料，再往厨下把水烧热，端了一盆回屋。见杜甫正向宗文盘问项明的下落，接口微笑道：“你先洗脸，等我把你身上尘土掸净，锅里的水也大开了，你喝一碗定定神，我会和你说的。”

杜甫先见爱子怎么也不肯说出项明何往，面上却有愤容，正在犹疑，闻言忙道：“你快说，项明怎会不知去向？我家今年衣食无忧，全都靠他。田里的事我好些还没学会，有时难免还要到城里去会朋友，真是少他不得。他和我家相处甚好，无故决不会走，只是他性情倔强，不大听话，你和他争吵过吗？”

杨氏一面给他掸去衣冠上的灰尘，听完从容答道：“洗完脸，漱漱口，先看封信。我去取来开水，再和你说。”

杜甫只得照她所说，忙着先去洗脸。

杨氏知其急于要问项明下落，心中也颇难过，便把塞向床边的信取出，交与杜甫，遂往厨下去取开水。

那是杜甫舅父崔顼的来信，大意是：崔顼新任白水县令，两甥舅多年未见，渴欲一叙，要杜甫明年春夏之间去往白水聚上些日。并还提到杨氏的堂兄杨衍也转任了白水邻近的奉先县令。杨母素来看重杜甫，又想念她的侄女，也打算请他夫妻去往奉先小住。两县相隔长安均只三二百里，盼望杜甫夫妻春暖就去等语。杜甫看完信，以为杨氏小时虽在婶娘家住过几年，日常谈起，也颇想念，多半是为天时久旱，田里无事，就便打发项明送信，往奉先去看望婶娘，心中略定。见杨氏端了汤水走进，还有三个新蒸热的馍和一碟腌菜，笑问道：“想不到我舅父和叔岳母所居两县都离长安不远，是你打发项明到奉先去了吗？”

杨氏道：“你往返奔驰了这多半日，先吃两块馍，点一点心再来和你细谈。”说罢，匆匆又往外走。跟着，便听屋后鸡叫之声。

宗文刚接过杜甫掰开的半个馍，一听群鸡飞鸣，不禁喜道："果然爸一回来娘就割鸡了。"口说着话，放下馍就往外跑，并说，"帮娘捉鸡去。"

杜甫忙将宗文拉住，笑说："你去只有给她添忙，快坐下，吃点馍，我还有话问你呢。"

宗文急道："娘说，爸要问项明的事，就说不知道，爸不要问了。"说罢，挣脱了手又往外跑。

杜甫故意把脸一沉，道："乖娃！要帮你娘割鸡，爸就不爱你了。项明的去处你娘会对我说的。你母子在家，常吃腌菜吗？"宗文道："常有腌菜下饭就是好事。爸进城这多天，只蒸过一回干鱼。项明更不愿吃好的，连他打来的几只山鸡全腌了来风干，半只也舍不得吃。养的鸡本来有十多只，因项明说，鸡瘦了就不下蛋，天又旱，养不肥，最好趁现在还不算瘦，杀来风干，给爸留起，还省粮食。娘自来听他的话，只送了两只肥的给郝家月母子（产妇），如今只剩三只母鸡，一只报晓的鸡了。我们三天不吃一回馍，常吃菜糊糊。"说时，神情仿佛有点委屈。

杜甫知道杨氏近年持家越发勤俭，项明更是一个惯于吃苦耐劳的好人。听宗文口气，分明家中吃得很苦。想起自己在家中时节，虽然菜少，每日晚间这顿饭也常有荤可吃，近半月在城里更是美酒佳肴从未断过。他们母子和项明却在家中吃那干野菜和粗粮合煮的糊糊，馍都轻易不蒸。自己这样有田可耕，并还时常有人接济的人家当和城里那些人的衣食相去天渊，寻常百姓怎能度日？不由得心又沉重起来。当日因送高适未明即起，往返奔驰了多半日，人甚疲倦，勉强吃了一个半馍。刚躺到榻上，想歇一会儿，忽见大群老弱妇孺奔窜呼号，后有大队人马追杀过来，逃走稍迟的俱被砍翻在地，血流盈野，惨不忍睹。怒火一撞，不由得挺身上前，想和为首官将理论，膀臂突被一伙凶神恶煞的军校抓紧，另几个便手持长鞭连肩打到。急怒交加之下，猛力一挣，忽听耳旁有人低唤：“请快醒转，吃完夜饭再睡。”睁眼一看，杨氏正立榻前，摇着自己的肩膀，桌上灯已点起，新炖的鸡和蒸馍腌菜也都摆好。原来做了一场噩梦。问知宗文已睡，天早入夜，忙即掀被坐起，隔窗一看，下弦多半轮明月已然高起，觉着身上有点发冷。杨氏忙将先放在榻侧的一件旧棉袄给他披上，笑道：“今晚夜寒颇重，我早打发文娃在厨下吃饱，先去睡了。你先用鸡汤泡馍，趁热吃饱，暖和暖和。有什么话都等少时再说，我也还未吃呢。”

杜甫见灯水衣食全都准备停当，爱子宗文睡得正香，连父子二人明早起来穿的衣服鞋袜俱都放得整整齐齐，知道爱妻独自一人忙到现在，连饭都没顾得吃，想起她平日操作之劳，好生感动，本来想问的话又缩回去，连答：“好好，这个穷家真个亏你！”随即入座。

杨氏和杜甫一同吃饱，把剩下的残肴送往厨下，收拾干净，端起新烹的一壶茶，打算回房。

杜甫久等杨氏不至，寻往厨下，笑说：“好久没有帮你做事了……”

杨氏接口道：“我已收拾停当，忙倒不用你帮。有话在这里说倒好，免把文娃吵醒。灶前暖和，我刚洗完碗，灶火还没熄呢。”遂让杜甫到灶前矮木墩上坐下，面前放上一个小几，取过茶杯，把茶斟上。夫妻二人并坐同饮。

杜甫见她穿的还是那件补绽重重的旧袄，笑问道：“这件棉衣已是旧絮不温，你又穿它则甚？”

杨氏笑答：“这是专为在厨下穿的。我并不冷，少时回房也就睡了。”

杜甫还不甚信，一握杨氏的手，果然温暖。想起她以前玉手纤纤，春葱也似，如今却是这样粗糙瘦硬，不禁又怜又爱，把手搭向杨氏肩上，强笑道：“我真亏负了你！”

杨氏轻轻把杜甫的手推开，答道：“夫妻本应同共贫贱，彼此一样，谁亏负谁？快把热茶喝了，我有话说。”

杜甫见爱妻永远轻言细语，深情款款，把那杯茶端起，刚喝两口，灶前余火映处，瞥见杨氏面有愁容，立把满腹心思勾动，忙道：“你怎么又有愁容？受了风寒不舒服吗？”

杨氏见杜甫吃完饭，已过了半个时辰，才把项明失踪经过说了出来。

项明原因当年旱得厉害，唯恐明春绝粮，日常入山采掘野菜草根，回来晒干，防备春荒。并对杨氏说：“主人夫妇人虽极好，无奈都是仕宦人家出身，像我以前所遇那些灾难从未受过，哪知厉害？这场暴雨连原有肥土都冲掉好些，转眼就干，只有害处。隔年庄稼已种不上，再旱下去连明年的稻粱蔬菜都无望了。此时早打主意，非但自己防荒，到时还可救上几个人，何苦叫我闲在家里等苦吃呢？”一面又把以前逃荒时所见易子而食、好些灾民都饿死在野地里的惨状一一说了。

杨氏因听山中出了青狼，恐他遇险，再三劝他不住，只得听之。

这日黄昏将近，不见项明挑菜回转，心正忧疑，邻叟忽来报信说：“项明老丑背驼，本不致被抓丁壮的官差看中，只因日常往来山中，回时总是挑着重担，脚底又快，劝他不听。今天回来又早，恰被官差撞见，强捉了去，今已不知去向。”

杨氏闻言自是惊急。城内外往返六七十里，休说不能离家远出，就托人把丈夫寻回也并无济于事，空自悲愤，无计可施。次日一早，想起当地除却豪家宦门的佃户外，下余多是老弱妇孺，再像项明那样好手势难找到。转眼春荒，粮不够吃，如何还敢添人？虽然偶有朋友接济，今冬柴米这样昂贵，靠人的事岂是善策？正愁急间，忽接舅父崔项来信，得知堂兄现任奉先县令，姊母依然康健，两家都盼他夫妻前往相聚，情意甚厚。有这两家亲戚可依，心虽略放，想起项明被官差抓去，仍是难过。每日均盼丈夫回家商计，并做项明万一能够逃回之想。先在门前眺望便为此事。

杜甫听完前情，好生愤恨，杨氏再三温言劝说，才去安歇。

第二日一早，杜甫把高适所赠银两带了一半在身旁，骑上飒露紫马，由城外寻到城里，四处访问项明的下落。到第四天上才打听出，范阳节度使安禄山十日前命手下偏将来京进贡，并送杨氏五家礼物。事情刚完，抬送贡品礼物的夫役突然逃亡了好几十。那偏将因要抬送大批布帛、兵器回去，仗着杨家势力，立逼当地官府要人，限期又紧，非但寻常百姓遇上抓夫役的官差不能幸免，稍差一点的豪家佃户也被抓去了好些。只两天工夫便把夫役抓齐，赶了回去，料知项明也在其内，只得罢了。

杨氏见项明再来已是无望，力言来日大难，纵有崔、杨两家至戚可依，官都不大，年荒世乱，前途难料，要杜甫早打主意，莫与城中友人断了来往。杜甫留杨氏一人在家本不放心，近又怀孕，更恐过劳。知道邻妇两个儿子均早应了征役，年老无依，便把她找来，与杨氏做伴，助理家务。杨氏虽愁缺粮，因见邻妇贫苦，丈夫又不放心，也就依了。

杜甫此外无路，只得又往城内作客，过上十天半月才回家去看望一次，东食西宿，并无定所，开头还有现成马骑，后因草料太贵，马又被一贵官看中，托人来说。杜甫见对方意欲倚势强买，心中有气，将好友所赠的爱马转卖与人也非所愿，知道自己决保不住，便拿去转送给汝阳王李琎。杜甫虽然无马可骑，李琎回赠银米却颇丰厚，估计足可度岁，直到明年春荒衣食均可无虑，忙将其他礼物一齐送回，在家中住了几天。正觉时近隆冬，天会这样温暖，忽然连下了两天两夜的大雪。雪住以后，天便奇寒，本来不想进城，无奈李琎十一月底寿日，左丞韦济邀了一些朝士要作消寒之会，也早说好，不能失约。杨氏见积雪凝寒，路更难行，虽不放心他去，因杜甫回时与人约定，力言无妨，非去不可，只好给他多添了两件衣服。

杜甫头戴风帽，身穿重棉，刚离家门，虽觉天寒风冷，尚未在意。等上了进城大道，偶然一脚踏空，沙的一声脚便深陷雪内，人也几乎滑倒。越往前走越费事，风势又大，身上早无余温，脸和刀刮一样生疼，双手稍由袖中伸出，便冻得刺骨。最难受是晨旭初上，寒风凛冽，雪花映日，刺目难睁。一阵连一阵的西北风吹得人举步皆难，常被逼得倒退，稍不留意便把气闭住。勉强挣扎了一段，仿佛骨髓都要冻凝，实在无法上路，只好退回。到家略微喘息，杨氏又给他冲了一碗姜汤喝下，才得缓过气来。

午饭后，夫妻二人正在围炉闲谈，狂风呼呼中，微闻门前雪地里人声嘈杂。宗文忽然冻着一张小脸跑进，喘吁吁道：“张尚书派人来接爸进城呢。”

杜甫刚走到堂屋，便见一个头戴皮风帽、身穿羊裘的壮汉口里喷着热气走了进来，躬身行礼，说明来意。

原来杜甫日前经韦济先容（介绍），认识了几家朝贵。内中张均、张垍都是故相张说之子，少年得志，又是宠臣，因杜甫赠张均的诗有“通籍逾青琐，亨衢照紫泥。灵虬传夕箭，归马散霜蹄”之句[①]，赠张垍的诗有“翰林逼华盖，鲸力破沧溟。天上张公子，宫中汉客星”之句，看了非常高兴，便想收为门客。其实，这两首诗只是当时相习成风的应酬之作，休说远不如杜甫那日由咸阳桥回来所写的《兵车行》和《前出塞》，比起平日写赠岑、高、郑虔诸友之作也差得多。但是，对仗工稳，词句典雅，又写出对方兄弟翰林一任刑部尚书，一尚宁亲公主，并在禁中建宅，恭维得体，恰合二人身份，因此得到赏识。张均昨日午后见快雪时晴，作了一首喜雪诗，很得意，想找杜甫和一首。先命人到郑虔家去接，听说人已回转杜陵，仍不肯罢。隔夜又命健仆备了舆马，次日一早速把杜甫接进城来。城里街坊有军校打扫，行人车马还可往来。城外那厚的雪，休说车马，人也难行。健仆先还不敢不去，后来连试两次，都走不通，只得据实回禀。张垍恰来看他哥哥，便命从人用禁中自备的雪舫往接。这东西其形如船，下设铁橇，并附小轮，前后各有两名身穿

① 这几句诗取自《奉赠太常张卿二十韵》。张垍曾为太常卿，故杜甫这首诗应是写给张垍的。——校者

皮衣裤、头戴皮兜的壮汉同撑铁篙，驶行大雪之上，往来如飞。本是禁中特制，专为隆冬滑雪之用，张垍是驸马皇亲，也仿制了一只。

杜甫问完来意，自是盛情难却，忙向杨氏叮咛了几句，重换衣冠，起身上路。见那雪舫乃上等木材所制，经过良工雕绘，饰以金银，甚是坚固华贵。当中暖舱能容数人同坐，内外都是兽皮包围，蒙以罗绮。两边还各有一个可以卷落的暖帘，供人赏雪之用。锦茵绣垫已极温软，并还生着一熏笼的兽炭。只管风雪严冬，里面竟是温暖如春，哪有丝毫寒意！暗忖："张均兄弟虽然少年通显，并未真个当权，已经如此豪侈，民力尽矣！"因听舱底沙沙之声甚急，微掀窗帘往外一看，一眼望出去都是玉积银铺，更无杂色。远近树木更成了玉树琼林，银花璀璨，映日生辉。那丈许长的雪舫正和箭一般朝前驶去，冲激得舟旁舟后雪浪横飞，豪快无伦。晴日耀空之下，终南山顶泛彩浮光，崖凹无雪之处仍又苍紫万状，景尤奇丽。这一路除了沿途大家园林之外，所有村落人家十九寒烟不袅，冻雀无声，柴门雪涌，路断人迹。被大雪压倒的茅顶败屋更是不断发现。心方慨叹，前面人声嘈杂，雪舫由快转慢，业已驶进城关。微闻道旁有人说道："下大雪的第二天晚上，单这一带冻死雪里的就有二十多人。今早这样奇冷，死个把人又算什么！那是宫中雪车，莫要惹事，还不快走！"

杜甫忙掀暖帘一看，说话的两个商贩已由舟旁闪过，左近浅雪地里倒着一具死尸，几个路人正在指点叹息。心方一恻，舟已进城。城里街心只有薄薄一层冻硬了的干雪，舟行其上便辚辚乱响起来。杜甫听说冻死人这样多，舟轮又震得厉害，不由得发了呆，什么念头都无。正在出神，雪舫连经过几条街坊，已往路南一座朱门驶了进去。通行门内驰道，直达头层厅堂方始停住。

这是朱雀街西第二街第六坊（宣义坊）张均的住宅。燕国公张说的故第在朱雀街东第一街第四坊（永乐坊）内，规模更大（以上街坊均由北起）。因张说在日听术士说，老宅风水已破，将不利于子孙，特地另建这一所别宅，张均便住在其内。规模虽比原来相府稍差，里面的楼台亭馆、花木陈设却更华丽。

杜甫初意主人这样盛意殷殷，急不可待，定必在家等候，哪知人刚离舟走下，另一健仆便赶过来笑说："主人往寻崔、于二位学士谈诗去了。明日还有赏雪午宴，请来客暂在客馆下榻，明晚相见。"

杜甫近一年来虽能忍气，但对这个共只见过一面的主人又不在家，自不愿在当地下榻，便告以晚间还有一个约会，因尚书飞舟见召，特先拜谒。既命明晚相见，正好抽空去应友人之约。此去仍在郑家居住，等明日午后专诚再来等语。张家健仆都知这位出身贵公子的主人脾气，照例是想到当时就要，事情一过又变成稀松平常。见来客坚持要走，郑家相隔又近，一呼可至，乐得减少麻烦。想备舆马相送，杜甫答以方才舟中太热，步行可看城中雪景，盛情心领，明日再烦通报。众健仆自又乐得省事，也未深劝。杜甫先因舟中熏笼火旺，密不通风，身上热极。城里的风又小得多，走到路上方觉头脑清凉、身上松快，并不觉冷。忽见转角一所富家后门里前后二人抬出好几只宰剥过的猪羊，冻硬的肉都成了灰白色。抬的人还在谈论，静心一听，大意是“今年秋旱冬寒，穷人冻饿而死的很多。富贵人家偏是满屋装酒，成群宰杀猪羊，任情糟蹋，毫不可惜。前些日天气太暖，好些鲜肉已全臭烂在厨房里。冻肉又不肯吃，却叫我们费事”等语。杜甫正想朱门酒肉这样暴殄，忽又瞥见一个冻死人倒卧路侧，全身紧缩，龇着一口黄牙，似在微笑，脸却干瘪成了土色，形态十分惨厉。实在不忍多看，忙用左袖掩着半面，一口气往郑家赶去。

郑虔轻不出门，见雪一住，杜甫就来，先甚高兴，及见杜甫满脸怒容，打着喷嚏，气冲冲说了当日见闻，也是气愤非常。这一双好友当晚连酒饭都没吃好，就去安歇。

次日酉初，杜甫再往张家，又遇主人会客，令在别室暂候。候了个把时辰尚无动静，正觉去留两难，健仆忽请入座。到后一看，堂上酒绿灯红，室暖如春，华筵已设，甚是丰盛。十来个贵客朝臣已先坐好，却在下手给自己留了一个位子，只得随同主人举手让客，一揖就座。怀着满腹闷气，无可发泄。

三杯酒后，张均命人取来咏雪诗，与众传观。

杜甫见在座诸人诗还未看，先就夸好。等传到手里，更是高声朗诵，赞不绝口。那诗偏是庸俗堆砌，无一是处。越听越烦，连那样好的酒菜也不愿再吃了。刚勉强把诗接过，忽想起韦济平时再三嘱咐要想得意，必须和光同尘的话。虽然强忍闷气，敷衍了几句，却不似旁人那样恭维。

张均的诗虽然富贵气重，流入庸俗，到底幼承家学，见闻颇多。一听便知杜甫言不由衷，心甚不快。席散，并未留他下榻，也无舆马相送。

杜甫装了半肚子的闷酒，冒着冬夜寒风，刚往回走，那一起接一起的朝贵车骑也由身旁赶过。道旁雪厚，难于远避，车马后面随风翻卷起来的干雪尘沙也似打向头脸之上，冰凉刺骨。好容易闪进道旁小巷，等这些朝贵的车马过完，赶到郑家，又和郑虔同饮了一阵，身子才暖和起来。

第二日便是李琎的寿辰，贺客甚多。杜甫以一布衣为王府座上客，无形中已有了一个界线。加上这班趋炎附势的达官贵人、王孙公子非谄即骄，许多丑态更看不惯，觉着衮衮当朝都是此辈，国家元气焉得不伤？

跟着杜甫又应韦济消寒之约，到会的虽是斯文一派，人却势利非常，连一个崇尚虚无的韦济也未能免俗。宴会人多，更易受激，接连几次过去，连和李琎、韦济、郑潜曜几个比较投缘的富贵朋友也是貌合神离，不喜常与往还了。不过，杜甫内心虽和富贵中人越离越远，无奈情势所迫，有时偏非去求他们不可，真个苦恼已极！

当年雪多，晴上几天，跟着又下，寒威非常凛冽。城外的人为雪所阻，城内行人也极稀少。直到腊月中旬，连出了几天好太阳，杜甫才踏着满地泥浆回家看望。本意开春以后便可耕种，到家才知那只耕牛竟早冻死，明年庄稼也种不成。空自失望，无计可施。

杨氏见所种稻粱已全旱死，收的一季麦子不够吃，把高适所赠银子和李琎回送的财帛全数换了粮食，明年春荒原可度过，因见近邻两家饥寒交迫，奄奄待毙。本来不忍自吃那只冻毙的耕牛，便让邻人把牛抬去，宰割平分。另外还分赠了些粮食。存粮既有亏耗，那雪偏是下了一场又一场，近邻这些老弱妇孺除却在家等死更无活路，只得又把余粮陆续分与众人度命，连项明由山中采来的野菜草根也全散尽，方始天晴雪住。这一来，休说春荒，连残年都难度过，初意丈夫进城多日，必能带点银米回家，盼了好些天把人盼回，竟是两手空空，不由得焦急起来。

杜甫伉俪情深，力言："城里好些相识人，年终必有馈赠，我又送过他们一些诗，当不至于全数落空。郑广文（虔）那里近来虽不宽裕，年内还有两张画可卖，到了万不得已之时也可打个接济。你愁什么？”口里说着安慰话，想起年底缺粮，心却不由得不急。勉强在家住了两日，重又赶进城去。

自来开口告人难，荒乱年间，人更势利。杜甫在长安住了这几年，饱尝世味辛酸，人情冷暖。初上来抱着一股勇气，觉着可找的人甚多，刚一望见城门，心却发起虚来。去向有钱人告贷须看时机，不能随便开口。只有郑虔乐于倾囊相赠，偏又不是富有，使他从中救人于心何忍？一路盘算，不知不觉还是到了郑家。无意中听一求画人谈起，明年正月壬辰（八日），皇帝朝献太清宫，祭告玄元皇帝（老子）。癸巳，朝享太庙，祭告唐室祖宗。甲午，又往南郊祭告天地。一连三天，要举行三个大典礼，不由得心中一动，觉着：“求人不如求己。当此岁暮途穷之时，何不写下三篇《大礼赋》，借以进身，试它一下？另外，寻人借点银米，过年再打主意。”客去之后，和郑虔略一商量，两天之内便将三篇《大礼赋》连表作好，投入延恩匦内。第二日值李琎来请赴宴，韦济、郑潜曜也在被请之列，杜甫便将赋稿请他们看。李、郑二人看完赋，同声夸好，各送了一些酒肉银米。第三日离年越近，刚准备要走，那些受过杜甫赠诗的朝贵看在韦济面上，每人又各送了一些礼物。杜甫知道郑虔暂时不短钱用，便把人家送来的酒肉糕果留了一些给他，雇车回转。

杜甫风雪残年饱载而归，全家安然度岁，还分送了好些东西与邻人。杨氏却想起这一年的见闻遭遇，甚是胆怯，暗中打了一个主意。

过了年，正月初四，杜甫到城里相识人家去贺年，忙了好几天。刚赶回家，想和妻儿团聚些日，韦济忽然飞骑相召，立等上路，却不说出原因。

第八回

蠖屈必求伸，杜陵连上三礼赋
水边多丽影，等闲莫赏曲江花

富贵中人十九怕死，虽然秦皇求仙，车中腐死，黄帝升天，神话渺茫，自古以来，克享高寿的已是少得可怜，仙人更是谁也不曾见过，无奈他们极少放弃那种经常酒色征逐，偏要希图久在人间的妄想。李隆基本就迷信道教，渴盼长生，到了天宝末年，这一妄想更好像成了他的心疾。非但把一些术士捏造了来哄他的诳言信以为真，甚而神仙在空中说话，他都说是曾经听见，简直成了活见鬼！头年虽因关中大旱，死亡载道，把封西岳的盛典暂时作罢。京城内外那些无耻的大官偏又逢君之恶，接连不断竞报祥瑞。到了十一月，又听方士的话，举行朝献太清宫（老君庙）、太庙和郊祀天地等三大典礼。诏旨一下，满城文武全都忙了个马不停蹄，席不暇暖。由年前一直忙到天宝十载正月十日以后（查

《唐书•帝纪》：天宝十三载未尝郊；杜进赋表文亦有“臣生长……行四十载”之言。《新唐书》杜传及有的载籍记杜献《大礼赋》为十三载，乃杜进《封西岳赋》之误。今从冯至著《杜甫传》），才勉强告一段落。

杜甫应韦济之召已是正月中旬，见刚一开春天便温暖，沿途只是有人种的地都在那里耕锄，好些田园还是荒着。走进城关，便见负米回家的灾民沿途都是，络绎不绝。问知正月十日皇帝在南郊祭告天地时，忽然想起去年大旱酷寒，灾情甚重，回宫便下诏旨，命将太仓积粟散与京畿一带贫民，使其能度春荒，依时耕稼。心想：“此举倒是好事，可惜太晚。如在去年秋冬之间放粮赈济，何至于饿死那么多的人！”再把路人所背的粟米一看，大部业已变成红色，还有好些朽坏，知是收存多年的陈粮。又听来接的人说起朝廷新近举行的这三次大典，其仪式之隆重，供张之丰盛华贵，竟是从来所无。费用之繁实不可以数计。心虽慨惜，但一想到近十多年来朝廷征役频繁，民间水旱相接，似此天灾人祸，府库早是空虚，不料这三次大典还有如此盛况，想见由高祖太宗以来库藏积蓄之厚！吾皇虽受奸邪蒙蔽，到底还是明君，他离开深宫不过三日，已然想到去年大旱酷寒，发粮赈济，使大量无衣无食的灾民幸免饥寒。如再有人进尽忠言，使知民间疾苦，重见贞观之治并非无望。我也不望致身通显，只要先做一个谏官，把吏治民情随时上奏，致吾君于尧舜，于愿已足。一路寻思，不觉到了韦家。韦济赴宴未回，行时却留了话，请杜甫少候即归。

杜甫在城内因当年大旱冬寒，人民穷苦，市面萧条，自己家里也没法过，只得住在郑虔和几个好友家中，轮流食宿，勉强混到了隆冬岁末。不料无意中作了三篇《大礼赋》，还作了一篇表文，一同投入延恩匦，居然发生效力。李隆基一看之下，大为赏识，立命待制集贤院，由宰相当面考试。消息传出，轰动长安，满朝文武都来看他做文章。第二天杜甫名望就大了起来，许多王公朝贵纷纷请宴，要他写诗作文。刚好郑虔的画名也越来越大，求画的也越来越多。二人本来有无相通，不分彼此，这一来大家都有了钱花，残年过得很好。找杜甫写文章的王公贵胄纷纷送他礼物，这一冬天居然过得很好。杜甫本要回家，不料韦左丞和汝阳王李琎坚留他在城里一直玩到过了十五才得回家。杨氏见丈夫这次回来满载而归，带来不少财帛酒食，也很高兴。杜甫在家住了不几天，又往城里看望朋友，正赶上请春酒的时候，每日都有宴会，酬应甚忙。光阴易过，不觉交了暮春，这日郑虔说："我好久没有上你家去，今天又难得清闲，我想到你家去聚上半日，就便给大嫂拜年。"

杜甫想起前日回家听杨氏说，今年收的财物较多，年菜备得分外丰富，内中风鸡、鱼鲜还有腌笋都是郑虔最爱吃的下酒菜。本年又酿得有好酒，正好约他同往一醉，便和郑虔说了。随去街上雇了一辆轿车坐上，一同赶回杜曲家中。

杨氏正带了宗文、宗武二子在门外凝望，见丈夫与好友同来，连忙迎到里面待茶，并将年下用的果饵取出待客。跟着又来了两人，一是华元县尉孙宰，一是咸阳士人王倚，都是杜甫的好友。落座之后，王倚便说，听说今年三月三日上巳佳节，许多皇亲国戚都要到曲江游春饮宴，比哪一年都热闹。我已托人在当地租了一间邻水的房舍，作为到日游观过节之用，请杜、郑二人到日必要同去。并请杜甫来日晚上先到他家中吃饭小饮。

杜甫和王倚交情甚厚，见来意甚诚，当时答应来日先到王家饮宴，并连郑虔也邀了去。等王家赴宴之后，到了三月三日再往曲江修禊赏春。

宾主五人吃到半夜才住。杜甫又送了郑虔一首《醉歌行》。

次日早起，杜甫便往王家赴约。杨氏笑道："难得今天晴和，正好给你赶两件新衣服，王家明天去也是一样。为什么今天去，何必这么忙呢？"

杜甫道："王兄也非便家，他轻不请客，人又好友，家中备办必非容易。你给我二十两银子，我带去看看。"

杨氏笑道："王兄在此祖居多年，韦曲颇有田产，家道还过得去，并非郑广文之比。我并不非难你对朋友的义气，不过你也不是富贵中人。君子周急不济富，转眼春荒，自顾不暇，全仗朋友送你这点银子，要都随手散去，自己将来为难，也对不起好朋友，这是何苦？不过，天下事难说，我们都是穷苦中过来的人，知道穷人的难处。你带十两银子在身边，防个万一也就是了。”

杜甫闻言点头，遂取了十两银子便往王家走去。还未走到，王倚业已迎上前来。到了王家一看，所住房舍虽颇整齐，当天请客的饮食却一点也未预备，客也只是自己和郑虔两个。杜甫看出他光景颇穷，便拉到一旁，送了十两银子，王倚坚辞不收。二人正争让间，孙宰扛了一斗米，手提新买的鸡肉，和王倚妻子张氏一同走进。见二人争论，问知前事，便将十两银子接过，转交王倚，说：“子美兄不是外人，他送你钱，收下无妨。我和弟妹跑了半条街，费了好些口舌，才向人家赊了一斗米，买了一只鸡和两斤肉，酒还没买呢。”说时，郑虔随后赶来。张氏便拿了鸡、肉和新买的菜蔬去往厨下做饭。这里宾主四人便坐下谈天。一会儿，孙宰先到后面取出一壶酒和两盘蔬菜。杜甫才知孙宰和王倚同住，全家住到后院。正请孙妻出见，张氏也把酒菜做好送来。

孙宰因听说杜甫要献三大礼赋，就向杜甫要过底稿，和王倚读了一读，赞不绝口。

杜甫笑道：“我们至好，当然错爱。只怕看到主司眼里就不一样了，要是和那年考试一样，才冤枉呢！”

郑虔道："不能，不能，像这样文章，除非真个瞎眼白痴，决不会说个不字。那年全是奸相作怪，这怎么能和那年一样呢？"

孙宰忽然笑道："关节请托绝非我辈所为，杜兄高明之上，更不会为了暂时浮名奔走权势门下。不过掌管延恩匦的几个官儿和小弟颇有认识，集贤院崔、于二学士更是相知，已有数年。凡是献表的人都要经他二人看过才到御前。少时我到城里借着拜年找他二位探个口气，也许能够得到一点消息呢！"

郑虔首先赞好。孙宰见杜甫也未拒绝，不等饭菜做齐，随便吃了一个半饱，便即起身往城里赶去。杜甫还想拦阻，郑虔、王倚同声劝道："这个并不是走门路、托人情，孙兄和他们本来相识，随便探询一下也不相干。他一番好意，随他去吧！"杜甫只得罢了。

王倚家道虽然清寒，待客却很周到殷勤，自家又种得有菜，又当新年刚过，年菜还有富余，随便小饮居然摆一桌子，酒也不少。宾主双方全都尽欢尽量，吃了个酒足饭饱。最高兴是吃到午后，日色刚一偏西，孙宰忽由城里借了一匹马赶了回来，进门便向杜甫道喜，说："三大礼赋和表文天子都已看过，认为甚好。崔学士说，不久就有朝命，请杜兄多写这类诗赋，必有好处。"

杜甫听了心中颇喜。晚来回家，将前事告知杨氏，都颇高兴。杨氏因曲江修禊乃是当时一种令节，长安城内外士女如云，穿的都是鲜衣华服，特意为杜甫赶做了两身衣服，恐一人赶不出来，又约了两个邻妇相助。杜甫回来，问知前事，就说：“后日便是上巳佳节，听说杨相全家都要前往曲江修禊，业已命人搭盖了几间轩馆，以备起坐之用，热闹非常。”定要杨氏也做两件新衣，到日同去游玩。

杨氏见丈夫一番好意，只得应了。

第二日，杜甫夫妻正吃午饭，王倚忽然跑来说：“今天曲江热闹极了，城内许多王公大臣、豪门贵族都在水边盖了许多亭台轩馆，富丽豪华，讲究已极。这比明天正日子还要好看，千万不可错过！”

跟着邻妇也跑来说：“曲江盛况远胜往年。如今两岸都被富贵人家新盖轩馆占满，已无隙地。长安城内外看热闹的人们潮涌而来。明天是正日子，一定人多更挤。最好先去看它一看，省得明天被人呼来喝去。”

正说之间，郑虔同了孙宰、王倚夫妻也赶了来，说的话和前两人差不多。杨氏闻言，首先愿意。杜甫知她怕挤，笑说：“今天先去看一看也好。”说罢，便把几家人会合一起，一同缓步出门，往曲江赶去。

相隔休息的所在还有半里来路，远望过去，那两岸新盖起来的华丽房舍已和两条彩虹一样排列当地。等近前一看，这些房舍轩馆虽是木板隔扇临时搭的，但都雕刻精工，式样灵巧，外面都还加上彩漆，五色缤纷，果是好看。所择地势又好，多半都在水边，有的建在高坡上面，并还在四围摆了许多花树，端的华丽非常。杜甫觉着这等搞法耗费物力太多，正和郑虔说起，相对叹息。

孙宰笑道："记得先父在日，谈起开元极盛时代，曲江修禊曾为一时大举，当年盛况不可得见，能够有他们这些人来点缀一下是好的。我但盼望以后每年都像这样就好了。"

正谈笑间，有两只大船顺流而来。近前一看，原来是富贵人家送酒席和陈设的舟船。船上豪仆甚多，还有许多帮闲的壮汉。船一开到，纷纷抢上岸来，把船上的家具陈设抬到轩馆里面布置起来。有的还盖了两间行厨，所有陈设用具样样俱全。杜甫因见对岸有一片邻水的空地，所盖轩馆甚多，画栏曲槛格外讲究，旁边围观的游人甚多，便由旁边小桥绕过一看，见新盖的轩馆里面全都通连，厨房、客厅陈设整齐，地上还铺着厚绒毡，门外贴着一张红纸条，上写"李丞相行馆"。挨个走过去一看，还有几家也都贴有纸条，有的还插着一面锦旗，上面绣的有字，并有专人看守。王倚过去一打听，才知那是秦国夫人、韩国夫人、虢国夫人三位皇亲明日游春修禊起居之地，所以这般讲究。

杜甫见这些轩馆内外都有豪仆军校看守，一个个横眉立目，趾高气扬，问他话也不理睬，觉着没有意思，懒得再看下去，便拉郑虔和孙宰、王倚回到自己家中小饮，明天再来。孙、王应了，一同回转杜家。杨氏便请邻妇帮忙，去往厨下准备酒饭。杜甫去往前面陪客，谈笑畅饮。本心明天曲江水边都是平日最讨厌的豪门贵族，除了卖弄他的豪华而外别无足取，反不如守在家里，约上几个好友同饮、谈笑畅快得多。几次提议明日修禊之事作罢，郑虔不肯，说："这类事难得遇见，我们看看到底闹些什么过场也好。"

孙宰、王倚随声附和，杨氏也说："费了几大事，好容易等到正日子，为什么不去？"

宗文、宗武也在旁边同声笑说："明天早晨到曲江去看热闹！"

杜甫见爱妻与二子都愿前往，郑虔和孙、王二人也是异口同声要看热闹，只得应了。大家约定索性早去，明日一早起身，先往第五桥边土坡上面找好落脚地方再打主意。

孙宰笑说："我有一堂叔就住桥边土坡上面。待会儿我和他说，预备一下桌椅，我们只用提匣带些酒菜就行了，这样省事得多。"

众人全都说好。一会儿吃完夜饭，便各分散。

次日一早，杜甫还未起床，便听外面鼓乐之声隐隐传来。跟着邻妇来说："城里面的大家游春修禊的人已分好几路赶往曲江一带，我们最好早去。"

杨氏便催杜甫，全家换了新衣，一同起身。还未走到第五桥，孙宰便迎了上来，说："前面土坡上有一茅棚便是我叔父接待你们的地方，茶水酒灶都已准备停当。地势较高，又是城里来人必游之地，请诸位坐下喝点茶水，歇上一会儿也就来了。”

这时水边一带业已布满了踏青游春的士女，红男绿女，鬓影衣香，到处花团锦簇，游侣往来。邻水轩馆内并有管弦之声传出，看去繁华已极。

郑虔说：“这种盛况不知明年是否也是这样？”

孙宰笑道：“这算什么？去年中秋节我曾见杨氏全家出游，那才叫好看呢！”话未说完，忽听人马奔腾之声远远传来。众人偏头一看，由金光门那面跑来了大队骑兵，都是一个个盔甲鲜明，威风十足。转眼临近，为首一员偏将，一声号令，人马便在第五桥两岸散布开来。

郑虔悄告杜甫说：“修禊游春，佳节胜事，怎么和如临大敌一样？这个现象太不好了！”话未说完，又听笙箫鼓乐之声由远而近，随风传来。再往来路一看，又来了大队人马，仪仗鲜明，旌旗招展，映日生辉，好看之极。一会儿临近，当头也是小队骑兵前导，后面紧跟着两小队男女优伶，一个个鲜衣花帽，珠围翠裹，周身都是锦绣。可是，从前导骑兵起直到后面所来人都是一身青色的锦绣服装，等前半仪过完，又现出一面上绣“杨”字的青龙旗。这时游人甚多，见杨家车骑服饰这样豪华，都抢着向前观看。不料前导骑兵早已跳下，一个个手执鞭棍朝人便打。杜甫看了有气，正要过去，被孙宰一把拉住，笑道："这是杨丞相的长兄杨铦，有名的大国舅，谁敢招惹！这还不算什么，底下热闹更大。照例杨相就来，最后跟着就是三位国夫人，他们在水边各有行馆。"杜甫未即答言，以杨铦为首的第一队来人已由新来伺候的一伙健仆迎往水边一所青色轩馆之内落座不提。

跟着鼓乐又起，也是一小队红衣骑兵前导，后面紧随着大群游春男女。有的坐车，有的乘马，有的坐着肩舆。都有香花、鼓乐前后簇拥，到一红色轩馆之前停住，由里面出来许多男女奴仆迎接进去。

杜甫正张望间，忽见王倚凑近前来，悄声说道："久闻八姨虢国夫人才貌双全，美如天仙，比贵妃还好看，当今天子十分宠爱。子美兄看见过没有？"

杜甫说："不曾。"

王倚笑道："八姨出门多半是和杨相一起，一会儿也就来了。"

话未说完，三次鼓乐又起。当头一小队骑兵赶到当地，纷纷下马，先将鞭棍呼喝驱散闲人，当时便空出大片地面。来骑又用锦缆把前面十来丈方圆一片围住，不许游人通行。一会儿鼓乐之声越来越近。先是一群身穿华服的贵妇侍女，在数十名采女手将锦缆三面围绕之下缓步走来。后面还跟着不少仪仗，两面上绣银龙的大旗：一面有一个金绣的"秦"字，一面有一个金绣的"韩"字。大旗后面一队香花、鼓乐，约有七八十人，也是周身珠围翠绕，一色纯白。最后面是一辆宫车，上坐两个宫装贵妇，年纪都在三十边上，生得花容月貌，肤如玉雪，顾盼之间容光照人，引得游人纷纷指点，交头接耳。杨氏正推杜甫去看，杜甫忽指前面道："你看后面这队人都是穿红的，远望过去和红浪一样，想必杨国忠和八姨来了！"

二姨秦国夫人、三姨韩国夫人刚到当地，便有一伙豪奴女侍由一所白色轩馆内赶出，前呼后拥接了进去。最后面那一队红色仪仗也越来越近。当头一面上绣红龙的锦旗，当中一个绣金的"杨"字，后面一辆朱轮宫车，在内端坐着一男一女：男的年约四十余岁，穿着宰相的服饰，蟒袍玉带；一个妃嫔装束的贵妇并坐在旁，手持团扇，指点游人，与那男的交头接耳，笑语不停。看那神态非常亲密。

杜甫夫妻刚问出，后来这队人正是当朝宰相杨国忠同当了贵妃的八姨虢国夫人，忽听水边一声呼喝，由临水浅滩跑上一伙人来。先是拿着大卷锦茵绒毡，就河边草地上铺开，一直伸到宫车旁边。另外还有一些执事人等便把临水那所粉红色的轩馆拆掉，移到岸上，围着那方锦茵绒毡重新搭盖三大间敞厅。有的又把先前的陈设抢着取来重新摆好。这里车上坐的那男子正是杨国忠，便扶了虢国夫人下车，直往敞厅走进。跟着里面鼓乐之声大作，笙箫四起，丝竹齐鸣，乐声悠扬，越发悦耳。旁边游人刚往前一拥，便被军士打骂回去。一会儿工夫，轩馆里面人都坐满，男女仆役纷纷送上各种肴馔。杨国忠便和虢国夫人并坐当中首席，与先来的韩国、秦国二夫人说笑饮酒。这敞厅里面登时热闹起来。

饮了不多一会儿，由城里又驶来两辆宫车，车上各坐着一个小黄门（太监）为首，带着随从，运来好些酒食。说是当今天子所赐御筵，刚刚撤下，还是热的。杨国忠看了看，便命身后从人给那黄门每人二十两银子，打发走去。

来人刚走，又有好些身穿官服的朝官，相继赶到，都先向杨国忠行礼问候，然后各往水边觅地坐下。一会儿空地上又摆了一二十桌酒席。原来这伙人都是杨氏五家的亲友同族，似这样乱过一阵，杨国忠也似酒酣兴阑，便传令起身。转眼之间，先前那五队车马随从便纷纷拥了过来，还是照着原来次序，各个上马的上马，坐车的坐车，带了原来随从人等往南内走去。真个是来得也快，去得更急。休看方才来势那么张皇，共总没多少时候也就风流云散，走了个一干二净。

第九回

须防丞相嗔，坠钿遗珠不可拾
谁为京国守，千乘万骑总西奔

人去之后，一般游人和当地附近土人满地乱找，不肯离开。原来这五家随行的姬侍都是满头珠翠、遍体香花，所遗落的簪环首饰、流苏瑟瑟之类时有发现。众人正抢着去拾，孙宰忽然走向前去，向众人劝告道：“莫看这东西是他们遗留之物，少时他们发觉，派人回来查看，如被查出，你们都不得了。方才在轩外有人因为多看了两眼，就挨了打骂，还差点被捉去。这是何苦呢！”

原来杨国忠虽然荒淫无耻，毫不避讳，当他同了虢国夫人等同游之时，却最厌恨外人窥看，所到之处都有军校在旁看守。有人窥探，轻者打骂一顿，重者捉到牢里，还要问罪。方才便因几个窥探虢国夫人，往轩内多看了几眼，便被毒打了一顿。孙宰、王倚久居当地，那些乡民非亲即故，唯恐他们无知受害，故此上前劝阻，并说：“方才听杨国忠口气，恐怕日内还要来游，最好到时连热闹都不要看，免得自找无趣！”劝走众人之后，又把杜甫夫妻邀到土坡上面开怀畅饮。谈到当天所见之事，全都愤慨非常，等到吃完，日色业已西沉，又送杜甫夫妻回去，在杜家烹茶闲谈。杨氏又去备了酒菜出来，请大家小饮消夜，大家谈到半夜，定了后约，才行分手。

第二日早起，郑虔首先由城里赶来报信，说：“方才在朝房闻得急报，范阳军心不稳，番将又有寇边之意。如今城里好些华门贵族纷纷准备逃难，埋藏金银细软，谣言甚多。照此形势，大乱将起，我们必须早做准备。”

杜甫笑道：“此事关系国家存亡，我们个人有什么相干？再说，如今哪儿都是一样，往哪里逃是好？”

郑虔知他舅父崔顼现任白水县令，内兄杨衍也在奉先做事，相隔都只百里之遥，力劝杜甫说：“番兵凶野异常，京城无险可守，又无兵将，加上去年荒旱，民不聊生，米珠薪桂，我们度日艰难。最好还是暂避一时，等躲过这场大难你再回来也是一样。”

话刚说完，门外忽然跑进两个省吏，说杜甫因为献赋之后又在集贤院应试，宰相把文章呈给天子，天子看了大为称赞，当时下令，叫宰相给杜甫事做。现已任他为河西尉，十天之内就要上任。特来道喜，并请早做准备。

杜甫见十载长安，连不得意，好容易有这么一个进身机会，朝廷并没有丝毫看重，结果只给一个风尘俗吏，老大不喜，便和杨氏、郑虔商量了一阵，决计把公事退还，不受这个官职。给了来人一点酒钱，刚打发走，孙宰、王倚相继赶来，说的话大同小异，都说边关烽火已起，潼关已被安禄山攻破，正往东都侵犯。并且安禄山还分兵一支，准备攻打西京，人心惶惶，谣言四起，劝杜甫早做打算。杨氏听了觉着可虑，也在一旁劝解。杜甫这才答应先往白水、奉先投亲避难，过上些时再做道理。夫妻二人匆匆商计，便把家事稍微安排，并托王倚就便照看。夫妻二人带了宗文、宗武两个儿子，准备日内同往奉先赶去。

杜甫因崔家并非富有，随身衣物必须多带，以免到后又扰别人，当天晚上把客送走之后，便把大门紧闭，收拾行李。杨氏因这一路都是步行，自家又没车马，特地往厨下做了一些干粮，准备路上食用。等做好包扎停当，又把年下腌的风鸡、腊肉扎了一包，准备带去送礼。一切停当，天已深夜，全家上床安歇。半夜里听得外面有人叩门和人语哗噪、往来奔走之声。杜甫两次想要出看，都被杨氏拉住。跟着便听邻妇叩门相唤，说番兵业已攻破东都洛阳，正往长安杀来。目前四方百姓都在逃反，城里的人们不惜重价雇用民夫车马，装运家眷行李，到处一片混乱。有的地方还有前方溃退下来的残兵溃卒趁火打劫，到处都在起火。要杜甫夫妻赶紧起来做一准备。

杜甫听了，略一转念，也就放开，并未十分在意。哪知天刚一亮，便见一个壮汉撞开篱门，跑了进来。杜甫一看，正是上次咸阳桥巧遇高适以前所遇那个被官军强行抓走、后被他妻赶来拼命抢救才得无事的那个刘壮。知他为人诚朴，性情忠厚，因自己常时周济他家，便感恩戴德，时常赶到田间相助，最能吃苦耐劳。料他清早赶来必有事故，便把他让到堂屋落座，询问来意，才知军情紧急，长安不久恐也难保！并且城中没有兵将防守，也无粮草，形势十分危急。当今天子昨晚下令西行，天明前便征集了大批车马丁壮，带了三宫六院、皇亲国戚，连同杨国忠兄弟姊妹全家眷属一同起身，不等天明，便开了延秋门，往陇西一带逃去。杜甫心想："天子若是不走，还可紧守京城，等待各路勤王兵马。这一仓皇逃走，敌兵定必乘虚而入，京城沦陷只在旦夕之间了。"和杨氏谈起，正在愤慨，先是孙宰、王倚同时赶来，跟着郑虔也由城里赶到，说的都是不好的消息。杜甫实在无心在家中等待，便和几个好朋友匆匆谈了几句，趁着刘壮可以帮忙，便找他挑了行李，老少五人绕道金光门出城，往奉先赶去。

新任奉先县尉杨衍乃是杨氏的堂兄。杨氏幼时曾在他家住过几年，与杨母情分甚厚。杨衍知道母亲喜爱这位堂妹，正和崔顼商量，再过些日派人到杜曲去接杜甫夫妻到奉先、白水欢度些日，见他夫妻来投，非常高兴，当时安排宿处，相待甚优。

杜甫见内兄仗义好客，对人情热，舅父崔顼对他夫妻也颇看重，当地风光又好，正想找个地方住上些日，等乱定之后再回长安。不料当天黄昏郑虔忽然骑马寻来，说朝廷因他不肯做河西尉，业已改任右卫率府胄曹参军，朝命已下。官虽不大，但是职务清闲，比当河西尉好得多。并且天子既已垂青，将来必有发展。劝杜甫搬回长安，不必在外逃反。

杜甫问知各路勤王兵马纷纷赶来，内中最主要的是朔方节度使郭子仪，还有哥舒翰手下的一些旧部，都是有名的勇将，兵也不少。觉着国事大有可为，不由得起了还乡之想。

第二日崔顼、杨衍备酒接风，并与郑虔相见。席间商计前事，杨衍首先说："这些勤王兵马听去人多，是否一举便可扫荡强寇尚还难料。妹夫回京供职虽是正事，带着这几个妇幼仍是可虑。"

崔顼便劝杜甫孤身回朝供职，不要辜负天子盛意。杨氏母子三人最好仍留在奉先杨衍衙内，这样安全得多，也免得心悬两地。杜甫还想辞谢，无奈崔、杨二人盛意殷勤，情不可却，只得应了。

当晚本来议定把杨氏母子留在奉先，杜甫自己回京供职。不料第二日午前，好友孙宰忽然寻来，说起长安自被贼兵侵入之后，全城大乱。城郊各地到处都是番兵骚扰，好些皇亲国戚、公子王孙都被贼兵所杀，横尸道路，无人掩埋。最可恨是安禄山强迫朝官投降，刑杀甚惨。并且听说安禄山党羽史思明和贼子安庆绪均带重兵往两京一带杀来。休说长安回去不得，连白水、奉先也非安居之地。孙宰此来也是为了兵荒马乱，无处避难，想起三川、鄜州两地住有几家亲友，同家洼还有父亲在日留下的几间房舍和几亩薄田，特地来此避难。因知杜甫来此投亲，特意相访，力劝杜甫万万回京不得，否则，要被贼兵捉去，强任伪官，还要受上许多刑辱，实在冤枉。崔顼、杨衍也说："别的无妨，如若被迫降敌，将来关系甚大，最好慎重一些！"

杜甫问知孙宰此次逃反，连妻子家眷也都搬了来，便托他在鄜州找上几间房子，再买几亩薄田，准备全家寄居些时，等乱平之后再行回去。孙宰笑说："此事容易！"说罢作别辞去。

过了几天孙宰回信说："房子和田均代买妥，就在鄜州羌村。当地有山有水，风景甚好。并且同村的人都是孙家戚友，不是外人。"

杜甫见信大喜，便把杨氏母子全搬了去，见田只四亩，有刘壮一人足可帮着耕种。跟着又得消息，贼兵正往白水、奉先一带杀来，越发不敢轻举妄动。把家安顿之后，便在羌村住了下来。

过了三月，听说新天子业已即位于灵武，几次想往朝见，都因道路不大安靖，敌寇之外还有一些盗贼出没无常。跟着三川山洪暴发，越发不能上路，只得又回奉先暂候。想等水退，道路稍微安靖，再往灵武朝见天子。

第十回

贼窟逢故人，幸能脱身赴行在
麻鞋见天子，始得归家慰妻儿

到了六月底边，三川水退，杜甫装成一个穷苦百姓，穿着一身破烂衣服，往灵武赶去。路上受了许多辛苦艰难，眼看快到相隔灵武还有二百余里的芦子关，杜甫竟被安禄山的手下贼将掳去，将他上了刑具，押送洛阳。

安禄山对待俘虏非常残酷，如肯降做伪官的还不怎样，否则便受尽凌辱毒打。杜甫早已拿定主意，不肯降贼，后来实在禁受不住，觉得这样徒死无益，除拿定主意不做伪官而外，也不像初被俘时那样倔强，任性骂贼。这一来总算把命保住，可是要想脱身还是困难。每日苦盼官军能够夺还两京，扫荡敌寇，遇到机会便离开贼营，出来看望几家相识朋友，并察看乱离时期官民身受之苦。这期间写了不少诗。到了第二年的三月下旬，正想长期沦陷贼中，欲逃不得，心情苦痛，万不料以前被官军抓走的老长工项明竟会被贼掳去，并在贼中当了一名头目。相见惊喜，互说各人经过。

杜甫见项明对他还是像先前那样忠诚，便约他夜来密谈，暗中告以心事，托他帮助自己脱身逃走。

项明说：“这个容易，看管主人的这一小队贼兵为首头目本来是我部下，交情甚厚。我只要把他说动，必能办到。”

杜甫谢了。

第三日夜里，项明来说：“事已办妥。此去途中有好些地方都被贼兵占领，没有敌寇所发腰牌路引决过不去，还有危险。”那看守杜甫的小头目名叫曾乙，业已说妥。他也有事要往灵武那一带看望他的兄弟，非但答应帮助杜甫逃走，并且答应同项明保护杜甫上路，以免中途发生阻拦。跟着便把曾乙引来相见。

杜甫见那人是个壮汉，人虽粗野，却不像别的贼党那么横恶，和他谈了一阵，彼此也颇投机。项明忽说有事，要往杜曲看个朋友，说罢辞去。曾乙跟在后面也托故起身，一同走出。

次日一早，项明背了一个铺盖卷，曾乙拿着全副雨具，还有半口袋干粮赶来。项明说：“此去灵武还有不少的路，还要走几天，中途要经过好些山野。现在是下雨的时候，非但铺盖行李不能缺少！雨具、干粮也要准备好了才能上路。

因此昨天赶回杜曲家中，越窗而入，见床上有现成的被褥，旁边还有一包行李，内里裹着雨具和半袋干粮，正好曾乙寻去，便同取来。”说罢，三人随便吃了点东西，便即起身，由金光门溜出，往凤翔赶去。

杜甫一路察看形势，并令曾乙向贼军打听军情，得知好些虚实。这日行经青坂，忽听曾乙说：“唐军人马甚多，和贼军在陈陶对阵，唐军大败，统兵大将乃是新任宰相房琯。”杜甫自和房琯分手之后就未得着他的音讯。这次虽因唐军打了个大败仗，心中愤急，但想到房琯居然做了宰相，并且握有兵权，从此前途大有可为，也颇高兴。再往前走便被贼兵拦住盘查，几乎又被捉去，多亏曾乙随行，带有贼军腰牌，才得无事。似这样，连经好些险阻，才得赶到凤翔。

这时，房琯因为打败，业已关在牢内。杜甫一到行在便去请见。这时凡是由贼军中逃出的朝臣，肃宗都给官做，相待甚优。杜甫到后，又把贼中形势当面奏报，肃宗颇喜，便授他为左拾遗，另外还给了一些犒赏。杜甫去看房琯，没有见到，听说朝廷因他损兵折将大为愤怒，恐怕底下还要降罪。杜甫关心良友，先颇忧虑，后来想起后任宰相张镐深受朝廷信任，又是太上皇特地派来的有名人物，何不先去找他试上一试？第二日整齐衣冠，前往相府求见。张镐和杜甫谈得虽颇投机，但知房琯这次出兵以前曾经夸口，不料连遭惨败，被贼军杀了个片甲不回，朝廷十分愤怒，非要严办不可。自己代他求情，业已受了申斥，再说无效，便劝杜甫慎重，并说："你人微言轻，最好少管闲事。我遇见机会，为他出一点力，免受重刑也就是了。"

杜甫知他这是实话，只得再三称谢，拜辞出去。回到住处，偏是朋友情长，怎么也放他不下。一时激动，写了一篇保奏房琯的表文，大意是："房琯文武全才，众望所归。这回兵败，不能全都怪他。国家用人应当舍短取长，尤其陛下今当中兴用人之际，更不应为此小罪轻意罢免大臣。"

肃宗见表大怒，下诏三司推问。杜甫本来还有危险，总算张镐极力代他求情，并告肃宗说："杜甫虽然说话激烈，实是一片好心。倘若因此致罪，以后没人敢说话了。"肃宗这才消怒，收回前命。

杜甫得讯后往见肃宗拜谢，见面时又代房琯说话，说："房琯这次得罪，主要是宠信门客董庭兰，这是一个贫病无知的老琴工。虽然依仗和房琯相识，在外招摇，收人贿赂，房琯并不知道，实与房琯无关。望祈陛下推详明鉴，赦其无罪，仍命在朝为官，将功折罪。国家之幸。"

肃宗听了越发有气，对于杜甫便厌烦起来。又听人说，杜甫家在鄜州，因为太穷，最小的儿子竟至饿死，乃借着这个缘故特许杜甫回到鄜州家中看望，给了他一些假期。杜甫谢恩之后便即起身。

凤翔离鄜州本近，不过两天便自赶到。相隔羌村还有三里来路，眼看离家不远，忽见一个壮汉赶着一辆装满污泥粪土的牛车迎面赶来。近前一看，正是项明。问他怎会来此，项明说是想念主母和宗文、宗武两个小侄。先听说在奉先，特地由凤翔赶去。到后一问，才知杨氏母子三人前月业已移居羌村。项明问清路径，立即赶往。因秋收之后田里需要上肥，所以一大早到洼地里掏些污泥运回，准备给地里上肥，以便耕种。二人且说且行，顺着土沟正往前走，走了不多一会儿，又遇到刘壮对面走来，见面便对杜甫说："昨夜主母难产，经邻妇相助，生了双胞胎，孪生下一子一女。不料主人回来，正是双喜临门。"跟着又说前日来了一个远客，乃是杜甫的表侄王冰，留居羌村已有两日，准备明天到白水去见他舅父崔顼。杜甫和王冰从小一起长大，多年不见，本在想念，闻言甚喜。正走之间，一个佩刀骑马的少年忽然驰来，近前一看，正是王冰。因杨氏产后腹痛，出来延医，把马让与杜甫骑，自和刘壮去请医生不提。

杜甫和项明一同赶了牛车前进，不多一会儿便到羌村。忽听群鸡飞鸣之声，项明笑道："小侄又在打鸡，我看看去！"说罢拔腿就跑。杜甫拉着牛车走到自家门首，隔着竹篱往里一看，宗文、宗武两个儿子手里拿着竹竿正在追逐群鸡。项明从侧面翻越入内，正在急呼："二娘！"杜甫把柴门拍了两下，刚喊："快开！"项明已将柴门拉开。宗武首先张着小手急呼："爸爸！"扑上身来。杜甫一把接着抱在怀内。宗文已将大腿抱住搂紧，急呼：“妈妈，爸爸回来了！”

杜甫赶往内室，见杨氏形容消瘦，心里一酸，忙走向床前。

夫妻二人互相把手拉紧，面面相觑，对看了一阵。杨氏问声：“你好……”声才出口，两行痛泪已流了下来。杜甫忙道：“经此大乱，能够重逢就是好事。你刚生小孩，身体虚弱，别后之情慢慢再叙，我看看那两个小孩去！”

杨氏笑道：“这两个小孽障长得好乖，就是生时艰难一些，差点没有把我疼死！”话刚说完，王冰、刘壮已把医生请来。杜甫把医生让到里面就座，给杨氏看了脉，开了几味药，说：“药已经带来，另有产后调养的药丸也在药箱内，吃了就好！”遂将药箱打开，将药交给杜甫。杜甫叫项明取热水，把药与杨氏服了。杜甫因王冰新来，见家里养得有鸡，正好待客。方要开口，杨氏笑道：“你远来不易，不用操心，还是让项明他们给准备去，索性把左右邻请上两位，酬谢他们平日关照。”

杜甫抬头一看，见竹篱外已有多人探头张望，指点自己这面，交头接耳，有的还在叹息流泪，歔欷不止。再看杨氏已哭得泪人一样，知她支持门户不易，又关心丈夫安危，忽然相逢，骤出意外，喜极生悲之故，便忙以好言安慰说自己一直逢凶化吉，并且这次到凤翔见天子，还封了左拾遗的官，不久便要随同回京，将来前途颇有希望。

杨氏知丈夫夫妻情长，不愿自己伤心，只得强忍悲痛，破涕为笑，让项明他们往厨下备办酒食，与丈夫接风。

一会儿，邻翁四人各持酒食前来慰问。杜甫接到屋里，再三称谢。邻翁都说："今年酒味没有上年好，因为黍地无人耕种，家中壮丁都应了军役，有的前往戍边，一去不回。加上连年水旱相继，所以酒味差点。"

杜甫便告众人说："官军常打胜仗，不久就要收复失地。"

邻翁闻言甚喜，便要辞去。杨氏正留邻翁同饮，孙宰忽然寻来，说方才途中遇到曾乙，才知杜甫新任左拾遗，奉旨回家看望，不久还回长安，因此拜访。

杜甫因移家羌村之后，许多事全仗孙宰照应，说了两句感谢的话，便留他同饮。并说在家中再待数日便要回转凤翔，随从天子车驾回转西京，问孙宰作何打算。

孙宰笑说："小弟在此也难久居，过了今年也要搬回去了。"说罢又谈了一阵，便起身告辞。杜甫将他送走，回来和杨氏商量，打算先送家眷回去，把杜曲的家和那几亩田整理一下，以便安居。杨氏一想，觉着此时回去人手较多，容易安排，便说："我知你想家，我母子先回也好。不过，你刚入朝为官，得到天子看重，今后行止必须好好打点，以免耽误前程。依我之见，你已为谏官，应该常在天子跟前才是道理。最好回转凤翔，等车驾回京，先跟了去。把我母子和项明、刘壮留在这里，作一退身之计，不也好吗？”

杜甫不听，非要回转长安不可。谈了一阵，最后商定，还要全家都回。乡村房地交托孙宰代管。项明、曾乙留在当地耕种，只带刘壮一人同回。

第三日，杨氏的堂兄杨衍来访，大家重又商计前事。杨衍也力主杜甫全家回京，只把羌村的房子和田交托孙宰照看。夫妻二人最好全家住在一起，不要分散，并说：“胡贼虽退，还有不少贼党散在四方。还有，这次平寇曾用外力，听说恢复东都时，回纥曾经大掠，满载而去。这也难保不是未来之害。把羌村的家留下，将来可以做一退步，岂不是好？你夫妻走后，我也还要常来照看，放心好了。”

杜甫夫妻觉着所说有理，便即应了。本想把项明、刘壮留在当地看家，杨衍笑说：“无须，你们回去需要用人，最好一路都走，不必零散。”

杨氏也觉杜曲的田还要准备春耕，人少无济于事，这一来全家老少一齐同回。跟着便得到天子不久将要回京的消息，杜甫连忙赶往凤翔，问明车驾十月起行，又赶回来。由项明、刘壮、曾乙、王冰四人护送杨氏母子先行，杜甫再赶到凤翔去随驾同行。一晃到了十月中旬，肃宗率领满朝文武回转长安。杜甫当然也在其内，一路无事。到京之后，赶往杜曲家中一看，杨氏业已早到。因有项明、刘壮等相助，非但家务都布置得井井有条，连春麦也全种上，心中高兴，又到城内外访看各家亲友和同僚们。初意以为大乱已平，自己业已在朝为官，此后一定渐入佳境。哪知事情不能尽如人意，先听人说当年苦旱，田里收成不好，恐闹春荒。跟着下起雨来，连下一个多月，连春耕都受了妨害。加上贼兵退后遗留下来的残寇流贼，官军方面溃败逃亡的散兵游勇啸聚山野之间，不时成群结伙打家劫舍，为害民间，天灾人祸同时发生，造成了一片饥荒世界。关辅一带米珠薪桂，民不聊生，比起天宝十三四载的灾情还重得多。这大兵之后必有的凶年渐渐逼得这位诗人没法再待下去。

杜甫全家回京，原是李亨（肃宗）至德元年九月底边的事。到家不久，孙宰全家也搬了回来。跟着杜甫入朝任职，所任左拾遗又是朝廷清贵文学侍从之官，两院（中书、门下二省）同事多是当时学士名流，大家都谈得来，每日诗酒过从，非常融洽。杜甫虽听人说当年关辅春荒必重，因杨氏、项明已经有了一些打算，并未十分在意。加上僚友一多，每日诗酒往还，就此忽略过去。哪知当年灾荒太重，加上盗贼作乱，物价日高，杜甫只有有限几亩薄田，所种粮食还未成长。本来日子难过，勉强挨到至德二年的八月，贼子安庆绪忽然召集乃父安禄山的旧部悍将史思明、张通儒、安守忠等分兵作乱。由史思明等往寇太原、河东等地，并命张通儒为贼帅，再犯西京。军情日紧，闹得长安官民人等又在心慌意乱，准备逃亡。杜甫渐渐也着起急来。勉强苦熬了两月，实在风声紧急，谋生不易，便把亲友请在一起，互相商计。杨氏想起以前杨衍所说的话，好在鄜州羌村还有一个家和几亩地，房子现成，正好回去暂避一时，便劝杜甫把家先搬回羌村去。孙宰首先赞好，力劝杜甫快走。跟着又奉到朝命，杜甫由左拾遗再任华州司功参军，并且催他即速上任。杜甫实在无奈，只得领命上路，辞别家人亲友，往华州赶去。先并未打算当时回来，后因军情太急，实在放心不下，只得抄小路赶回杜曲，仍然预计把杨氏母子一齐送往鄜州，仍由金光门绕道先往白水赶去，哪知刚走了不两天，天便下起雨来。当年春寒又重，那雨偏是越下越大，接连十多天没有停过。杜甫夫妻全家连项明共是老少八九人，只有两把旧雨伞，实不够用，晚来随便找一个大树底下，连老带小围伞而坐，脚底踏着水泥。最苦是带的干粮不多，儿女饭量随人同长，早在途中把粮吃光，闹得大家都没有吃的。饥寒交迫之下，冒着冷雨寒风，奔驰山野之间，真个苦到极点。似这样又苦熬了十多天，好容易挣扎到了彭衙县的边境，走到白水山区里面，计算途程再走二三日便可赶到同家洼孙宰家里歇息，住一两天再往羌村，便可减少许多苦难。哪知山路崎岖，风狂雨大，甚是难行。最困难还是没有吃的。杜甫无法，只得同了项明沿途采掘一些草根野果和橡栗苦李之类，勉强充饥度命。这些东西又苦又涩，有的辛辣非常，不能入口，大人还能勉强忍耐，几个小孩吃得直哭。杜甫虽然看了伤心，只是无计可施，只得咬牙忍受，仍往前走。

这日走到一个山凹里面，全家聚坐在一块大青石上，想起这一路颠连辛苦，正在难受，杜甫忽觉左手痛极，好像被什么东西咬紧，痛不可当。反手一摸，摸到一把头发，十分柔软。低头细看，月光照处，那咬住手指不放的正是新生不久的爱女凤子，身上衣服业已湿透，满脸雨水淋漓，凉冰冰的，抱向怀中。笑问："此娃子为何咬人？"

凤子脱口便答："我饿！"

杜甫再用温言细问，才知爱女因为饿极又冷，无意中摸到杜甫的温暖手指，误以为是干粮，咬了一口。杜甫这一问，凤子不由得害了怕，放声大哭起来。杜甫刚把她抱起搂坐在膝上，忽听项明低声喝道："哭不得，你听！"

跟着，便听远远传来野兽吼啸之声。杜甫知道这一路上时有虎狼等猛兽出没，哭声如被听去，大是危险，忙把爱女一把搂紧，低声喝道："乖娃莫哭，老虎来了！"

凤子哭喊："我饿！"手脚不住乱挣。宗武在旁忙递过一个苦李，笑道："妹妹莫哭，你看我吃这个。"跟着，嚼了几口咽下，又向杨氏去要。

凤子哭道："我不吃这个，太苦！"

旁立项明看了可怜，忙把藏在身边已有数日的一块干牛肉取出，撕了一点塞在凤子口里，又哄了她几句，才将哭声止住。

杜甫心方略定，那雨忽又大了起来。一会儿工夫全家老少都淋成了落汤鸡一般。山风吹过，冷得直抖。最后无法，只好大家背抵背挤坐在冰凉的雨水石上，苦盼天明，好去赶路。那天偏是阴黑得可怕，坐了半夜，丝毫没有明意。杜甫和杨氏也饿了起来。正在相对伤心，哭诉苦楚，项明忽然跑来，手里还拿着两个麦饼，笑呼：“主人不要着急，我们有救了！”

跟着，便见雨地里远远现出两点灯光，近前一看，这来的两人喜出望外，杜甫更是喜欢得要跳，连忙扑上前去，把前一人抱住，直喊幸会不置。

原来前头一个正是好友孙宰，也因年荒岁歉，约了邻友来采山粮，住在一个相识的山民家中。那是一个猎户，因听狼叫，约他相助打狼，在雨地里巧遇项明，谈了一阵，得知杜甫全家来此，正在受苦，特地赶来迎接，并说所居同家洼就在东北不远，相隔不过三里来路，当时便可同去，以免在此忍受饥寒。杜甫、杨氏谢了又谢。正想再谈几句，孙宰忽说家中有事，匆匆作别，各自走去。

杜甫先还想天明再往孙家，后见杨氏母子饥寒难忍，项明又在一旁催劝起身，便同上路。顺着山道才走了二里来路，算计快到，孙宰业已约了两个邻友，拿了火把雨具对面迎来，再顺山路略微转折，便到了同家洼，东方天边也渐渐现出了曙色。等走到孙家门前一看，由里到外都有孙宰约来的邻友相助，各持火把照亮，并照当时风气在门上贴了招魂的纸条。孙妻张氏也由里面赶出，把杜甫全家接到里面。杜甫夫妻见地上放着几个木盆，内里业已装满热水，主人便请盥漱洗脚，同时桌上也摆满了茶饭酒菜，孙宰并将几个已睡儿女喊起见客，同吃晚饭，安排来客卧处，当时全家便忙乱起来。

杜甫夫妻见主人盛意殷勤，因是至交好友，不便多说，稍微谢了两句便同入座。孙宰又把项明和众邻友拉来同饮，宾主多人全都尽欢，谈得非常高兴。

次日一早，先是刘壮赶来看望，跟着杨衍也来看望妹子。说起贼兵势盛，凤翔已被包围，幸而广平王（李俶）坐镇当地，手下崔光远和行军司马王伯伦等都是勇将，还有番汉兵十余万，将敌兵抵住，凤翔才未陷入贼手。并且官军常打胜仗，俘获甚多，百姓并未受到糜烂。可是西京长安日前却被贼帅张通儒、安守忠等攻破，天子重又蒙尘西奔，往凤翔赶来。杜甫全家来得正好，否则，白水、奉先等地早晚被贼兵攻陷，比在长安还要危险。杜甫一听，四方多难，心中自是愁急。哪知好消息也跟着传来，先是朔方节度使郭子仪等大败贼兵于河东。紧跟着崔光远、王伯伦又连打胜仗，逼得贼兵立脚不住，自动放火烧营，全军溃逃。崔光远乘胜追击，斩杀甚众。紧跟着广平王又率领朔方等几个节度使，连同部下十五万番汉人马赶往西京杀敌。军容甚盛，估计不久便可把长安收复回来。杜甫听了这才高兴，每日都盼望早传捷报，收复失地，好把全家搬回长安，入朝供职。到了九月中旬，广平王率领回纥、西域的番兵，会合朔方诸节度使会师长安，与贼将安守忠在香积寺北大战，大获全胜，斩首六万余众。贼帅张通儒由城内率众出战，又被王伯伦等杀得大败，最后实在抵挡不住，便带领残贼往陕郡逃去。京城解围，捷报传来，杜甫当然高兴，决计赶回长安，稍和崔顼、杨衍、孙宰等商计便自起身，往长安赶去。

这时贼兵虽退，路上还不大安靖，又吃了好些苦，才勉强回到杜曲家里。因上朝时得知好友房琯宰相之职被罢免，并且还要降罪，杜甫激动义愤，又去上书营救，说："房琯有才，此时大乱刚平，正在用人之际，朝廷不应罢免大臣。"

杜甫上年便因为房琯说话，招得肃宗不快，这一来越发触怒，几乎把他下在牢里，从此不再看重杜甫。房琯也被罢免，出为邠州太守而去。杜甫被人看成是房琯党羽，由此便蹭蹬下来不提。

杜甫回京之后，仍任左拾遗，每日去往门下省承值，以前所交僚友知好重又欢聚在一起。最可喜是好友岑参新任右补阙，在中书省任职，日常相见，同在一起做那文酒之欢，所得官俸也颇够用。按说日子过得蛮好，偏偏遇上二次大乱之后关辅大闹饥荒，比上次灾情更重，又因房党为时所嫉，在朝不久仍又出为华州司功。

杜甫在华州司功任上过了半年，渐觉无聊。这日忽起思乡之念，想趁空闲回到洛阳探望一下他战后的故乡，一个人背着一个小行李卷，往东走去。行经潼关道上，见两边都是山崖石壁，十分高峻。登高一望，见来路是条山谷，前面不远便是潼关。一路都是山崖峰峦，山上下到处都有黑白点闪动，耳听喧哗呐喊和开山击石之声隐隐传来，空谷回音甚是震耳。等到下面，再往前走没有几步，便又听后面车马行人奔驰吆喝之声接连不断。停步一看，后面来了好些满载石块的骡马牛车，还有好些人三五一伙，分抬着大小山石，负重吆喝而过。一个个累得气喘吁吁，头上汗珠直往下滴，好似吃力已极，不胜劳苦。最奇是还有几个老年妇女也在其内。再往前走，见有好些人正在开山取石，地下搭着很简单的草棚，老少都有，吃的东西粗糙非常。向人打听，才知内中杂有草根树皮，有的业已饿病，躺在棚里，呻吟不已。一个为首的官吏正在往来查看，不时向众喝骂。杜甫想起："自从那年哥舒翰被安禄山贼兵打败，潼关失陷以后，朝臣上表章要修建潼关，朝廷均未答应。此时忽然这样大举，又当年荒时节，岂不多累良民遭殃！"便把那官吏拉到一旁，问他何故。那官吏说："自从安阳一战我军大败，郭节度决计筑城防贼，因为年景不好，筑城的十九都是兵将，征用的民夫并不甚多。又因我军粮食不足，这应役的丁壮必须自带干粮，由那舍不得亲人的全家跟来，闹得这些民夫除开山取石筑城之外，还要到处挖掘草根树皮，所以一个个都那么苦弱不堪。”

杜甫听了好生愤慨。先到关前仔细察看了一阵形势，遂到前面人家借了纸笔，写出了他的名作“三吏”的头一篇——《潼关吏》。

杜甫因听传言，陇西一带年景较好，容易求食，便和家人商计，带了全家往西走去。本意只要找到一个稍微能够不愁吃的所在，便安居下来。先到秦州，连找了几处，想在西枝村建一草堂暂居，没有如愿。待了些日，又往西走。一路登山越水，苦受颠连，勉强挨到同谷县，才得把脚停住，歇息下来。可是全家衣食还是艰难，老想置两亩薄田自己耕种，终未如愿。迫于无奈，于乾元二年十二月一日又由陇右西行，想往成都逃荒。最后辗转跋涉，拖着一家人到了剑门，走上入川的栈道。又行了两月，连经许多艰苦跋涉，才得到达成都。总算严武念旧情长，相待颇优。不久，仗着严武相助，在成都西门外浣花溪上经营了一所草堂，又置了几亩田，这才安居下来。有时并往附近各县走动一下。日常无事便和当地田夫野老交往，料量晴雨，共话桑麻，倒也安然自得。严武还特地到浣花溪看望他几次，有时也把杜甫接到家中住上些日。本来相处甚善，只是这宾主二人一个气度较小，不能容物，一个性情刚猛，表面上交深情厚，无异骨肉，因为杜甫过于简略，不拘小节，说话又太直率，严武有时忍耐不下，便气在心里。二人还爱互相取笑，往往把话说僵，彼此都有些难堪，心中不无芥蒂，只是二人都未发作出来。

代宗宝应元年，严武奉召还朝，杜甫送他到了绵州方始作别。杜甫道："我依人作嫁，全靠老弟相助照应才得安居。季鹰一走，我又漂泊无依了。"

严武见他说时面有泪容，神情凄苦，心中老大不忍，便拉着杜甫的手笑道："我真舍不得离开这天府之国。我今此去还要设法回来，不久当可重逢，何必难受呢？至于子美兄的今后生活，我已为你想好主意，给梓州刺史章彝写了一信，托他照应。我走之后，你可到梓州去见他谈谈，看是如何，自作打算。我想是不会有错的。"随命人把信取来，交与杜甫。

杜甫见那信写得十分诚恳，忙即谢了。回到成都住了几天，便到梓州去见章彝。初意严武的信写得十分有力，章彝不会不管，哪知章彝武人粗野，双方气味本不相投；又因严武御下严厉，以前叱骂过他，心中不快，对于杜甫并不怎优待。杜甫不久又把家眷接去，因为互不投机，全家又迁往阆州，住了半年，穷愁抑郁，苦不得意。正在难受，忽然得报，严武再镇西蜀，不久就要回任。当时高兴已极，忙又迁回成都等候。到了广德二年三月，严武果然回到成都，并且上表保奏杜甫为节度参谋、检校工部员外郎。良友重逢，又得了新的官职，彼此都很欣慰。杜甫由此每日便在严武幕府里任职，只把家眷迁回浣花溪草堂，自己有时也回家去住上些日，栽花种竹，料理耕稼，生活重又安定下来。

严武本就量小性暴，不能容物。先以为章彝有自己亲笔的信，必能爱屋及乌，优待杜甫。回到成都，第一件事就是查问章彝对待杜甫如何。因听人言章彝对杜甫很冷淡，一点没照顾，不由得有气，恨在心里。本来就有杀之之心，杜甫偏又心直口快，严武问时照实说出。当年天又大旱，杜甫写了一篇文章，名为《说旱》，大意是蜀中近年各州府县囚人太多，难免没有冤屈，应把轻罪的人释放回家等语。

这篇文章语太切直，严武看了已不大高兴。再把杜甫请去一谈，竟是梓州囚人太多，内中有好些无辜，越发激怒，当时要杀章彝。杜甫劝他不听，又道："蜀中年年荒乱，徐知道刚刚平息，如何又杀部将？"

严武大怒，双方对吵了一阵。杜甫恐怕惹出事来，便走上严武的床，瞪目怒道："严挺之一生忠厚，从不轻易伤人，竟会有你这样儿子！"

严武也气道："你这杜审言的孙子知道什么？惹翻了我，连你也一齐杀！"

当时朋友相交，如提到对方祖父名讳最是无礼。这一来，二人全部有气，杜甫又说了几句负气的话，拂袖而去。

严武随即下令，把章彝召来，想把他和杜甫一起杀死。正在怒火上，杜甫偏不知趣，上书辞职，并且不等答复，也未和严武见面，独自回到草堂，来了个不辞而别。严武忍受不下，第二天便派人把杜甫抓来，准备连章彝一起杀死。军校隶役均已召齐，眼看就要下手，严母忽然得信，把严武喊到里面，说："杜甫是你父亲的好朋友，你们交情又厚，不应下此毒手。"

严武素孝，再想起杜甫的学问和双方的交情，心便软了下来，连章彝也未杀。对于杜甫反用好言安慰，并派车马送回家去。杜甫越想越没意思，便辞了严武的幕府，安心隐居浣花溪草堂，双方也不再往来了。

当年春天，蜀中瘟疫流行，严武忽然染病颇重。杜甫重回幕府居住，日常陪他。可是严武的病始终没有起色，勉强挨到当年四月，还是病死。杜甫心里自然悲痛，等严武安葬之后，又回草堂。那后任节度使郭英乂武人粗暴，不喜文士，又认为杜甫是严武的人，心存歧视。杜甫当然不能再待下去，只得回到草堂，还是种地，又过着穷困的日子。转眼交秋，又遇霖雨，杜甫枯坐草堂，甚是烦闷。这日早起，天刮大风，把草堂房顶上面的茅草盖揭去，忙到门外一看，南村几个小孩正把茅草卷起，往对面竹林中走去。杜甫急得跳脚大叫，直到声嘶力竭，小孩们理都没理。内中两个顽童反朝杜甫扮了一个鬼脸，然后大笑走去，气得杜甫直跳脚，回来拿着拐杖叹了一阵气，无法可想。晚来风吹雨打，越发凄冷，房顶又漏，床上本就不干，最爱的小儿子中午睡相不好，又把旧棉被蹬碎了一大块，一会儿被褥全湿，不能安睡。心里有气，起来写了一首诗，便是那古今传诵的《茅屋为秋风所破歌》。杜甫勉强在家中住了半年，光景越过越艰难。正打不起主意，忽听人言，梓州太守章彝因感激他救命之恩，时常谈起，意思很好。杜甫实在无法，只得往见章彝，打算试探一下。章彝果因人说严武去年虽要杀他，全仗杜甫力劝，耽搁了半日，被严母知道，才得无事。这次杜甫往投，虽不像上次那样冷淡，也没有十分优礼。又听人说新节度使郭英乂不喜杜甫，不敢亲近，相待只是一些虚文虚节、毫无实惠，日子一久，杜甫待不下去，只得回家。忽听人言，好友高适新任西川节度。想起这是交情最深的好朋友，便带了全家前往投奔。初意这个竟比严武还要厚待得多，这后半生全有依靠。哪知事情不尽如人意，高适对他也只初见面时仿佛情热，日久还是冷淡下来。杜甫又待不住，便把全家迁往云安。到了大历元年春天，又由云安迁往夔州。大历二年三月迁居赤甲，住了数月，勉强在朋友帮助下，在瀼西和东屯各建了一所草堂，置了点田，亲率家人躬耕，往来于瀼西、东屯之间。似这样过了不久，便率全家出峡南下到江陵，跟着又由江陵移居公安，成了浮家泛宅，没有一定住所。在公安还没有过冬，便迁往岳州。住到第二年正月，再迁往潭州。因慕衡州山水，便迁了去。住到夏天，实在热得难受，又回潭州避暑。到了大历五年四月臧玠作乱，杜甫想到郴州去投亲，没有走成，全家人在荆楚各地漂泊了一个时期，最后流寓到耒阳县。

第十一回

遗恨隐深宫，南内凄凉伤恶媳
民间多疾苦，杜陵停泪写新诗

此前，太上皇（玄宗）早已回銮，入居南内西宫。可是他那宝贝皇帝儿子（李亨）一点也不孝顺，听信宠妃张良娣和内奸李辅国的谗言离间，常给这位号称太上皇帝李隆基闲气受，而他本人却比当年李隆基当皇帝时更爱享受。并且任用奸邪，放任一切亲贵大兴土木，建造宫室园林，穷奢极欲，无所不至，闹得府藏空虚，元气大伤，民间越发穷困，国防也更空虚。日常只是征兵征役，到处骚扰，一片凋零景象。杜甫自看不惯，先后连上几次奏章，均未答理，本已无心在朝，加上受人排挤，越发待不下去。不久便由左拾遗外放出为华州司功，路过咸阳时，想起当地还有两个老友，便往访看，住了两天，然后起身。因想由当地到华州、洛阳一带亲友甚多，难得见面，正好借此机会就便前往一叙，于是先往陕州走去。

这日行至渑池县东的新安县，忽见路上有许多人奔跑喊叫，口出怨言，均说关辅点兵，见人就抓，如被撞上，休想脱身。

杜甫见内中还有一个县吏，手持长鞭，带了几个差役，朝众人乱打乱骂，猛想起当年在咸阳桥上所见抓壮丁的光景，一时激动义愤，忙把那县吏拉住，问他何事这样喧哗吵闹！

县吏答说："现在国家正在征兵到河阳去戍边，怎奈新安小县人少，征不出那么多的壮丁。昨晚奉到府帖，没有壮丁便把中男充数。（唐制：人有丁、中、黄、小之分，二十一岁以上成丁。天宝三载，令民十八以上为中男。多半体弱瘦矮，难应战阵。）但是年荒岁歉，百姓们难得吃饱，中男体力不强，又难入选，偏又无法交差，只得带了差役挨家查问，抓着一个是一个，撞撞运气。"

杜甫见他身后用绳索捆系着几十个乡农，年纪大小不等，全都身瘦体弱，面有菜色，有心劝他放掉几个，想了想，知道这类人和虎狼一样，没有人心，说也没用，只得罢了。

跟着又往前走，到一个地方，天气渐渐暗了下来，恐怕错过宿头，因听人说，前面不远便是石壕镇。当地在陕州城东，相隔并不多远，想往镇中借宿一宵，明早起身去往城东访友。往前走了十来里，到一小村，地名石壕村。村中人家不多，满处荒凉，最后寻到一家姓王的老汉，家中夫妻二人，光景穷苦，对人却甚善良，问知长安来的远客，忙请到里面，烧水敬茶，甚是殷勤。

杜甫刚把来意说明，王老汉道："这几天很乱，关辅差役到处捉人，闹得我们百姓日夜不安。尊客夜来只管安睡，如听有什么响动，不要理他，明天一早各自上路，以免受了虚惊恶气。"遂将灯点上，端来饭食请客。杜甫刚把饭吃完，正在谈问年景和民间近来所受疾苦，忽听左右邻同时哭喊吵闹，跟着便有一个邻人叩门相告，说："捉人的来了，要王老汉藏去，以免被他们抓去。"话未说完，王老汉匆匆站起，对老婆说："今天来势更急，决逃不脱，我只好翻墙逃走。如有官差前来，你放和气一点，不要惊动客人。"说罢，便往房后奔去。

跟着，前后门都有人在拍打，并还厉声喝骂。王老婆苦笑道："我看看去，这些畜生莫要把我的房拆了。"说罢，也往后面赶去。

跟着便听后面有人跳脚辱骂和王老婆哀声哭告。杜甫忍耐不住，悄悄往后面走了几步，侧耳一听，原来捉人吏役业已破门而入，厉声怒骂，非要交出人来，去往河阳应役不可。

王老婆跪地哭喊道："我只有老夫妻两个，我老汉业已被你们吓破了胆，方才刚一打门就跑掉了。本来还有三个儿子，昨天接到一封信，内中两个业已战死沙场，剩下一个也受了伤。家中只有一个刚生下的孙儿，他娘倒颇有点力气，无奈身上衣裙全部卖光，如今光着身子不能见人，因此没有出来见你。一定要人，我老婆子虽然年已七十八岁，体弱力衰，但是军中烧个饭淘个米做点杂事还勉强可做。你实在不放，把我带去应个数，今夜就可以跟你走了。”说时，一面还是悲哭哽咽不止。再隔一会儿，耳听后面门响，底下便没有语声。只有老婆子悲哭之声，仿佛还在哽咽。

杜甫觉着可怜，把身带散碎银钱取了一些放在桌上。看外面天色已明，到处鸡声报晓，便开门走出。想起前事，正在摇头叹气，忽见旁边草垛后有人影一闪，忙走过去一看，见草垛里冒起一个人头，不由得吓了一跳，耳听喊道：“尊客吃点东西再走，天还早呢。”定神一看，正是那个王老汉，顶着一头乱干草，由草堆里钻了出来，说什么也要杜甫进点饮食才可上路。杜甫无法，只得由他拉到里面，王老汉见桌上留有银钱，定要还给杜甫，坚不肯收。又去后面准备汤水食物，强迫杜甫洗漱饮食，然后亲送出去。陪着走了七八里，再三说明路径，方始握手，殷殷话别，分手回去。

杜甫别了王老汉，走不多远，忽听前面有妇人哭声传来，与昨晚所闻悲咽之声相似，心疑王老汉之妻出了变故，忙赶过去。见前面道旁围着好些人，过去一看，一个老太婆卧在地上哭喊不已，旁边有一老汉正在劝她，四外旁观的人都在摇头叹气，说：“这一对老年夫妇太可怜了。”

杜甫把内中一个老头拉到旁边，问是何事，老头说：“这一对老夫妇姓冯，男的年已八十多，由十三岁便被官差抓去当兵，多年未回。去年冬天，我军大举围攻邺城，连经好几月也没把城攻下。贼将史思明又带领大队贼兵前来对敌，每天都派贼兵到处烧杀抢劫。到了今年三月底边，两军在安阳一场大战，胜败还没见分晓，忽然天色阴晦，刮起大风，白天对面不能见人，两军全都溃退下来。官军往南溃窜，贼兵往北溃窜，官军眼看全军覆没，幸而朔方节度使郭子仪带领大队人马来援，把河阳桥拆断，保卫东京，以免贼兵乘虚侵入，才得无事。另筑南北二城，以挡来势，这才转危为安。冯老头名叫冯安，就因这场败仗溃逃回来。到家一看，全村百多户人家业已死亡逃散殆尽，他本人也无家可归，有一个病了五年的老母已被土墙压死。到处墙倒屋塌，残破不堪，走遍全村，才找到两户人家，都是寡妇。双方本来相识，又当春耕之际，约好一同下田耕种，不料县吏走来，一见有人，强要他们充军应役。”

冯安说：“我已在军中苦熬了数十年，如今须发皆白，年老力衰，能干什么？”

县吏说：“你们年老力弱，不能打仗，也不勉强，可跟我去练打鼓，做点杂事，难道这还不行吗？”

冯安无法，勉强答应。回到家里和老婆一说，想起自己有好几个儿孙，都因征兵抓走，阵亡在外面，如今自己败阵逃回，县吏又来强迫应役，越想越难受，夫妻二人抱着痛哭了两天，无计可施。最后还是去学打鼓，刚学三天，便命从军上阵，费了好些口舌，才得告了半天假，回家与老妻话别。

冯老婆知丈夫此行凶多吉少，想起天寒衣单，越发忧急，卧地大哭，拉着冯安的手哭道："人的身体要紧，不管多苦，每天吃饭必须吃饱，最好每顿加半碗，免我担心。"说到伤心之处，二人眼里都哭出了血水。

众人知道冯安此去更无还乡之日，冯妻还在担心怕他受寒，劝他努力加餐，光景甚是凄惨。众人全都心软难过，看不下去，有好几人也流下泪来。

杜甫听了甚是难过，再往这些人身上一看，都是衣不蔽体，一身破烂，面黄肌瘦，看去均颇衰弱。再一打听，才知由当地到洛阳所有百姓都是如此，民家十室九空，因为年年荒乱，民不聊生，困苦已极。想了想，无计可施，无可如何，只得先到陕州城内访看两家老友。在当地住了两天，忽想起东都洛阳乃是第二故乡，亲友甚多，还有姑母家中不知是何光景，何不趁此无事前往访看？主意打定，第二日独自起身，便往洛阳赶去。

刚到东门，便见一少妇披头散发，满面泪容，往前哭喊奔走。一时好奇，跟将过去一看，只见有官差押着数十个壮丁正往前走，少妇也由后追来，忽然扑上前去，抱住内中一人又哭又跳，号叫不止，神情甚是悲痛。近前一听，少妇哭道："我自从嫁你，连你家的床凳都没坐暖。头天晚上结婚，婚礼还未完全办完，第二天一早你就离我而去。这样匆忙太叫人难受了！"

少年答道："不要气苦，我所去之处并不太远，不过是到河阳去守边，至多三年五载就回来了，你这样伤心做什么？"

少妇哭道："你可知道河阳虽然离此不远，但是我的名分还没确定，怎么能见姑嫜呢？想起我爹娘在日，对我何等怜爱！只想我能够嫁个好丈夫，白头偕老，哪怕嫁鸡嫁狗都是无妨。谁知我你从小在一起长大，彼此又是情投意合，只说姻缘美满，谁想到会有这样下场！并且你不说我也知道，河阳乃是战场，贼兵之外还有胡兵，此去分明凶多吉少。我昨日哭到半夜，心肠都哭碎了，真想拼这条命不要，去向官差苦求，随你同去。怎奈人事仓皇，不能如愿。再一想，我一妇人随在军中许多不便，也妨碍你为国杀敌的志气。转过头来反倒劝你从此努力，志在戎行，不要因为新婚念我，耽误前途。还有我出身贫家，穿这样华丽的嫁衣也不相称，现在就脱下来还给你，我是再也不穿它了。"跟着便把身穿一件罗衣脱下，又用道旁小沟的雨水把脸上脂粉洗去，哭道：“你不说我打扮得好看吗？现在把它当面洗掉，省你想我！”

少年劝道：“你打扮得好好的，把它洗掉作甚？这件嫁衣无故抛弃更是多余，你跟我怄气吗？”

少妇凄然苦笑道：“你都走了，我打扮给谁看，穿给谁看呢？可怜我还不如那空中飞鸟，它飞起来都是成双配对，我从此却成了孤鬼，哎呀我的爹娘啊！哎呀我的丈夫啊！我只望你千万保重，早点回来，夫妻团圆，别的话我也没法说了！”说罢大哭不止。

前面官差便赶过来威吓。少年拉着少妇的手还想开口，被差役强行拉开，遂用绳子捆上两臂，拉扯着往前走去。

杜甫看了好生难过，回到朋友家中，想起城内外所遇的事，好生伤感，便写了三首诗。这便是他诗句中最有名的“三别”（《垂老别》《无家别》《新婚别》）。

杜甫原知姑母早已去世，但想看看她的遗属。所以一到洛阳，先往庆春门仁风里郑家访看。细一打听，姑母死后，全家星散，两个表弟也不知去向。杜甫在堂前点香行礼，朝姑母灵位哭拜了一阵。又到十几年前自己在洛阳时所居尸乡亭窑洞去走了一遍，也是一个熟人没遇上。眼前所看都是一片残破，当年东都的繁华景象连一点影子都没有了。慨叹了一阵，重又回到城里，好容易寻见两个故友，聚了一日，便各分手，自往华州任职不提。

大历二年，杜甫先由梓州迁往云安县，住了不多日子，又由云安移家夔州的赤甲，因爱当地水土风景，不久便在东屯、瀼西两处分别建造了一所茅舍，把家安了下来。自己又率领家人开了几亩田，造了一只小船，往来于东屯、瀼西之间，田家生活颇有乐趣。杜诗里所谓“东屯复瀼西，一种住青溪”，就是说的这件事。

好容易辛苦经营，全家安居了些时，到了大历三年还是不耐久住，正月泛舟出峡，离开四川，往湖北的江陵县走去。三月到达江陵，住不多久，又迁往公安，到了当年冬天又迁往岳州。再迁往潭洲，住不多日，再迁往衡州。到了夏天，因为天气太热，重又迁回潭州。在潭州住了三四个月，大历五年遇见叛将臧玠作乱，又回衡州避乱。住不多日，因听传说，舅父崔伟现在郴州为官，欲往投奔，无奈客居异地，拖着一家妇孺，许多不便，只得暂时忍耐，没有走成。最后费了许多事才勉强起身，还是自驾扁舟，顺江前往。

船到耒阳，停泊在方田驿，打不起主意。到了秋天，实在感觉光景艰难，不能久住下去，便把船开往荆楚一带，顺流而下，想碰碰机会。哪知一事无成，所想找的人一个也未见到。因为穷愁抑郁，潦倒不堪，一家妇孺衣食艰难，日子一久，便忧劳成疾，得了一场重病。

过了几月，偶往岳庙闲游，忽遇山洪暴发，无法回转，后被耒阳县令知道，亲自带船往援，才把他接了回来。县令对杜甫颇为优礼，常时送他些酒肉。

这一天杜甫的病刚好一点，正遇县令送来酒肉，一时高兴，多吃了些，病势复发，次日连请医生诊看服药全都无效。挨了几个月，病终不起。这一天晚上，见月色甚佳，江面上风露浩然，晴空一碧，一时高兴，只顾赏月，睡时天已深夜，当晚气喘不止，病势加重，溘然长逝，年才五十九岁。

死后萧条，杜妻杨氏无奈何，变卖衣物，买了棺木，草草成殓，带了宗文、宗武，几个姨姑，把灵柩送到岳阳。又把坐的船卖掉，才在当地勉强殡葬。后来宗文、宗武虽然成长，但是进身无路，家道还是那么穷困。直到宗武的儿子嗣业长大，长年焦劳，费了不少事，求了许多人，才继续先人之志，把杜甫的灵柩送到洛阳偃师。这时杨氏已早病死，嗣业才得把祖父母的灵柩合葬在首阳山，离杜甫的死时已四十多年了。

（全书完）